第九届（2018—2020）小小说金麻雀奖获奖作家自选集
{杨晓敏　尹全生　梁小萍　陈兰　主编}

起个名字叫雀儿

宋以柱 ……… 著

中国出版集团
中译出版社

篇目	页码
兰花指	194
临街的窗	190
麻叔	186
麦青	182
南园	177
你的名字叫庄户	172
年关	168
旗袍	163
蛇	159
偷食	154
消失	150
小学生马小明	147
哑巴	143
馋狗	139
陈司令吃煎饼	134
陈司令借粮	129

篇目	页码
电动三轮车	258
果园进城	254
划痕	250
绕天鹅湖一圈	245
守候	241
洗澡	237
细雨中的宋三哥	232
相逢	228
捡漏的故事	224
吃面的故事	220
鸡头的故事	216
油饼的故事	212
白羊肉的故事	207
猪嘴的故事	203
猪蹄的故事	198

目录 CONTENTS

起个名字叫雀儿	001
剃头匠	005
私奔	009
小五子	013
卖桃	017
沈传生	021
羊肉汤	025
食客	030
懒汉	034
你想起了谁	038
阿炳	042
女老师	046
马路对面是学校	049
桃子	053
香椿木四方凳	057
摸灯	061
过道	065
偷杏	069
红太阳	073
理发	077
表情	081
到海里撒泡尿	085
廓尔喀刀	089
龙堂	093
西厢	097
文身与吉他	101
来香	105
奶汤蒲菜	109
地瓜窖里的年轻人	113
先生	117
喝酒	121
花儿红，花儿白	125

起个名字叫雀儿

雀儿现在坐在苹果树下。

她刚来的时候,就喜欢上了这一片苹果树。她和娘原来待的地方没有苹果树,只有一片又一片的山,山也不高,好像一个个巨大的黑馒头,光秃秃的。在那儿,雀儿有一个爹,但不是她的亲爹。爹很穷,但是对雀儿很好,他不准娘喊雀儿死丫头,爹喊她雀儿。爹干农活很累,一有空闲就和雀儿嬉闹。娘总骂爹穷鬼。爹说,你走好了,把雀儿给我留下。爹梳理着雀儿的黄头发说:"我要让雀儿读书,读到大城市里去。"爹的手很粗。

雀儿知道娘走不会带上她,娘说她不是雀儿的亲娘,是从很远的东北来的路上,在一个垃圾堆里捡到她的。娘一点也不像亲娘,雀儿就咧开嘴一抽一抽地哭,爹就把雀儿搂在怀里。爹的身上有一股子经年不去的臭味,但雀儿在爹的怀里睡得很踏实。

没等娘凑够走的路费,爹就没了。雀儿爱吃酸枣,当然，雀儿也爱吃糖块，拇指大的一块，甜甜酸酸的，雀儿就能快乐半天，但爹没有钱去买。爹就去崖上给雀儿摘酸枣，小小的，比黄豆粒大不了多少。爹攥着一小把酸枣，装在雀儿的口袋里，雀儿一会儿摸一个放在嘴里，一会儿摸一个放在嘴里，也是酸酸甜甜的。爹去最高的崖上摘酸枣，天黑了，才被人从崖脚下抬回来，雀儿没有看到爹的脑袋。

娘卖了窑洞，带雀儿坐长车，坐短车，一直往南跑。雀儿睡了又醒醒了又睡。当她最后一次醒来时，在一片树林里，树上满是红红圆圆的果子。一个红脸的老男人说："吃吧，吃吧，是苹果，可甜。"也是酸酸甜甜的，雀儿好久才吃完一个。

娘还是把雀儿叫死丫头。娘要雀儿叫红脸老男人叫爷。红脸老男人叫她雀儿。娘和爷在外屋睡觉，雀儿自己在小里屋睡。晚上，耗子在床底下吱吱叫，来回跑。雀儿不敢叫，只好使劲睡觉。雀儿盼着天明。雀儿愿意在果园里跑来跑去。爷很愿意和雀儿说话，一会儿给雀儿一个苹果，一会儿又给雀儿一个梨。看着雀儿啃苹果啃梨，只是一个劲儿笑。爷的屋里有一个很高大的桌子，桌子身上有好几个能拉开来的洞，有的洞里有钱，有的洞里有糖。爷怕雀儿够不着，就把那个盛糖的铁盒子拿出来，放在下面的吃饭桌上,雀儿想吃就去自己拿。

雀儿的嘴里每天都是甜的。

到了秋天,爷娘要卖好多苹果。每天爷和娘要摘好长时间。屋子外面的一个空地上,是一大堆红红的苹果,把雀儿看晕了。那些苹果都要一个一个地装进纸箱里。等所有的苹果都摘完了,果园边的路上,就会"噔噔噔"开来一辆三个轮子的蓝车,爷和娘把装满苹果的纸箱抱上车子,三个轮子的蓝车子又"噔噔噔"开走了。娘掐着一大摞钱笑得东倒西歪的。这时候,雀儿发现娘又年轻又俊。爷在西边的小屋里留了一大堆苹果,娘不愿意,娘要卖掉,爷的脸更红了,爷是给雀儿留下的。爷说,让雀儿一个冬天都有苹果吃。

果树上的叶子落光了。风凉起来了。下雪了。雪很小。天气暖和的上午,娘在果树下给爷剃头。爷红着脸坐在树下的凳子上,娘把爷的头扭来扭去,手里拿着推子,慢慢地从下面往上推。爷的头发一朵一朵地落在地上。一会儿,爷就成了一个光头。娘笑得弯下腰去。雀儿在树下玩树叶,看着爷的光头,笑得坐在地上。爷没有剃过光头。爷剃了光头很难看,爷的光头上都是疤癞。过了年,路边的小草绿起来,爷的头发才会慢慢长起来,等头发盖住那些疤癞,爷就又好看了,也不显得那么老了。

果树上的叶子都挤满了。爷说等苹果开始变红的时候，雀儿就该上幼儿园了。幼儿园就在果园的北边，只隔着一条大马路。爷说幼儿园的小朋友可多，幼儿园的阿姨可好。雀儿不知道要去幼儿园干什么，雀儿知道爷疼她才让她去的。树上的果子长到山楂那么大的时候，爷却病倒了。

从夏天到秋天，就像爷说的，苹果快红了，雀儿该去幼儿园了。爷的病却越来越厉害了，整日整夜地不睡觉，躺在床上喊疼。爷一天天地瘦下去。雀儿很害怕。晚上，爷喊疼的时候，雀儿就不敢睡觉。娘开始变得烦躁，不住声地在果树下骂人，雀儿听不清她在骂什么。有时候，娘坐车出去，买回来几瓶药水，很小的那种瓶子，有尖尖的头。找了人来给爷打针，爷就会好长时间不喊疼。开始是一天不喊疼，后来是半天，再后来，打上针爷也喊疼。娘就说疼死算了，没有办法了。

苹果红透了的时候，娘找人来一天就摘完了，那些红红圆圆的苹果只堆了一夜，第二天，就有车来"噔噔噔"地拉走了。

苹果卖完了，娘也不见了。现在，爷在屋里喊疼。雀儿坐在苹果树下。

雀儿捡起一个毛茸茸的小球，轻轻地一吹，那些毛茸茸的小球就一下散开，慢慢地飞上天去了。

剃头匠

老宋退伍回来的时候，理过几年头发，都是在耕种收获之余，到集市上去理发。小镇上的人，有多少人让老宋理过发？没法数。

老宋在集市上有个固定的摊点，一南一北两棵老杨树之间，老宋就面东摆下自己的剃头摊子。每次放下担子，先把一块牌子挂在北边的树枝上（牌子上写着：五毛理平头），再把磨剃刀用的油布挂在南边的树枝上，灌满水壶，点上炉子，支好洗头洗脸的盆子，围好白大褂（那大褂洗得真是干净），手推子上点上一点油，免得夹头发。坐等水开。

秋冬两季呢，又用高高的玉米秸做围墙，把北西南三面挡了一下，就像是一下子把阳光关在了这个空间里。下雨呢，就在上面盖一块塑料布，拿一根细长的树枝，轻轻压一下。正在理发的，等着理发的，就安心了。

炉子上的水没开，就有人着急了，催着老宋快点先给理理,不用洗也行,回家自己洗去,还等着回家栽地瓜去呢。老宋话不多,说找别人理去。等水开了,老宋把盆子里的水掺热,问一声谁先来,早有人坐等着了。

集市上理发的还有另外三家,都是先把头发洗了,擦干,再理。老宋理发是干理,和别人不同。客人坐稳了,老宋说一声低头,"低头"二字是先抑后扬,怪好听。后脖颈那儿一凉,推子在老宋手里咯噔咯噔一响,推子凉凉地痒痒地往上移。干理发,没有谁能理得平,尤其是理平头,只有老宋。前后一遍理下来,就绝不再用推子。摁到热水盆里,用大手前后一搓,碎发都留在盆子里,飘飘悠悠地沉到盆底。哗一下泼出去,换上热水,烫热毛巾,捂在下巴上,拿剃刀在油布上一蹭,只三下,刮完胡子,交五角钱,走人。

老宋理发真是快,也真是好。平平展展一个头,精神爽气。这快和好是在部队上练出来的。

老宋在部队上是伙夫,跋山涉水都背着一口大锅,到个地儿,一声宿营的命令,老宋就找背风的墙角、山崖底,挖坑埋锅,点火做饭。一声开拔的命令,背起锅就走。有时候战士们还没有吃饱呢,老宋自然就饿着肚子上路。理发呢?是老宋自愿的。好的时候,是休整的时候,大家都比较放松,训练之余,就找老宋理理发,弄得短短的，精神，也防备在战场上肉搏被敌人抓头发。理完发，或者还可以到河里洗一洗头发渣。若是行军途中，三下五除二，理完，还要急行军，你别想好好打理头发，更不用说拿水洗一洗。时间一长，老宋这手艺就留在身上了。

老宋的理发摊曾是集市上最晚走的，等理发的人多。后来就少了，有时候看着老宋自己坐在那个高脚凳子上，眯着眼养神。什么原因呢？大姑娘小伙子谁还到集市上理发？集市北边的沿街房有了三家理发的，不叫理发店，叫美发店，烫发染发拉直，从那里出来的大姑娘小伙子，什么样子？大姑娘剪个小平头，小伙子留个披肩发，还又烫又染，弄得黄黄绿绿红红，一脑袋颜色。光顾老宋剃头摊的，就只有那些年龄大的中老年人，他们理发也少，能省一次就省一次。

赶完集，老宋到店里买点桃酥饼干一斤烟叶，到杨老太太那里去。杨老太太守寡十年了，两个女儿嫁得远。老宋放下剃头挑子、点心，把水缸挑满，坐下来和老太太喝茶抽烟拉呱。老太太也抽一点烟叶。

那一次部队休整，也不算是休整，离前沿阵地没多么远。老宋一个个地给战士理发。李卫国，连队的文书，还戴副眼镜，文文弱弱，说话细声慢气的，老宋就喜欢他这个文化劲儿，理发的时候就自作主张，留长了一点，前额那儿，小李可以在写字的时候，走路的时候，用闲着的左手往左一捋，老宋觉得特帅气特文化，很适合文书的身份，结果就出事了。

老宋说，老姐姐啊，我担着人命呢，要不是我，那小李文书能死吗？

那一次，他们被小鬼子包围了，一层一层的敌人涌上来，弹药全部打光。战士们呐喊着冲进敌人堆里。老宋的腿已经断了，在一处断墙后，只等着上来鬼子兵就和他们同归于尽了。这时候他看见了那个文书小李，小李和一个鬼子抱在一起，在地上滚来滚去，趁着把鬼子压到一个坑里的机会，小李从腰里拔出匕首，插进鬼子胸膛里。然而就在小李左转身，要起来的时候，那个鬼子一把抓住小李的头发，拖倒在地，把小李的匕首狠狠插进小李胸膛，自己也两腿一伸死去了。鬼子的那只手还狠狠攥着小李的头发。

老姐姐，我不是不会理那些个三七开四六开的长发啊，我是心里堵得慌啊。

你也不要老放不下，不是那头发，鬼子也能把小李摁倒。老太太似乎是自语。

可我是眼睁睁看着鬼子抓住了小李的头发，把他拖倒的。老宋呜咽。

老宋是背着处分回来的,他没有补助,敬老院也不肯去。老宋一生未娶。后来没有再见到他,许是死了。

私 奔

上世纪八十年代初,农村的物质是极端匮乏的,地瓜玉米尚且吃不饱,谁敢说想喝酒吃肉?但村里有两类人就敢说,一类是在厂子里上班的,偶尔回村一趟也是穿着工作服,灰黑的,天蓝的,好一点的,还要骑辆半新的大金鹿自行车,铃声倒是响亮,一路上响个不停,大半个村都能听到。他们经常吃到肉,用他们自己的话说:"老肥肉一碗一碗地吃,吃不完就倒掉。肥肉吃多了对身体不好。"村里胡子很长的老人就骂:"浑球。"

还有一类人是满天飞,你也不知道他们在哪里,好像是一年换一个地方,北京天津上海,净说些让老少爷们头晕的地方,忽然又跑去了东北,说是淘金子去了,在半拉月都走不出来的老林子里，随意找条小河，就能淘到一箩筐一箩筐的金子，那就别说吃肉了，森林里多的是熊瞎子老狼，都不用花钱，有时候还能逮到老虎，吃到虎肉，村里胡子很长的老人就骂："放屁。"

宋大成是后一类人。宋大成的爷在村里干过会计，县里招工人的时候，照顾他去煤矿挖煤。宋大成去干了半月，就跑回来了，给家里带回了一盏火石灯，下面是火石，上面往下滴水，很慢，灯就一直亮下去，要是水滴快了，灯就嘭地一声炸掉。还带回来一把纯钢的铁锹，一把洋镐。宋大成对他爷说："肉是能吃到肉，馒头也很白，就是不定哪天就埋在地下了，一天三顿肉也不是个账。我出去转转看看，别的地方就没有肉吃？"

他这一走，就是十年。十年后，村里人大部分都能吃上点肉了。村里的二流子们，也隔三岔五地偷只鸡摸个狗解解馋虫，村里人也懒得搭理他们。生活好了，人也变得大度好说话。

宋大成回来的时候，呵，戴墨镜西装革履油头粉面皮鞋锃亮，一看就是发了大财了。戴着墨镜就几乎找不到他那一张瘦脸了。那时候，他娘早死了，一个姐姐嫁得很远。他爷孤身一人，住在大队两间房子里，这两间房原来是大队圈羊的房子，四面透风，摇摇欲坠。宋大成回来，也住在这两间房子里。他一回来,这两间羊圈就成了村里姑娘小伙聚集的地方,长胡子白眉毛的老爹受不了那个闹,天天搁大街上枯坐。

每天,宋大成一觉睡到快十点,梳洗打扮一个小时后,就陆续有姑娘小伙子来了,一坐一大桌,招呼一桌子熟鸡鸭鱼,白酒啤酒随意喝宋大成一边讲在广州那边服装厂干副厂长的事,一边把自己带回来的墨镜电子表钥匙挂链,一人一件,分给大伙。尤其是那个录音机,大家的声音给录进去,然后再给放出来,还是那一个声,一点也不变。

闹腾了大半个月,宋大成拍拍腚,又不见了。这一次,村里人懒得再打听他去了何处,倒是有一家子人炸了锅。他本家一个出了五服的侄女,名字叫红艳的,跟宋大成跑了,不知道下了广州,还是闯了关东。宋大成的那个还在五服上的哥哥,一边用牙齿嚼着宋大成的名字,一边把那两间羊圈里的锅碗瓢盆砸了个稀烂,宋大成他爷蹲在大街上一声没吭。后来有消息传来,说是两个人到新疆那边收宝贝去了,也就是贩卖文物去了。侄女一家凑了几个钱,直奔新疆,也不知道在新疆的哪里转了半月,把钱花完,回来就再也不出去找了。

这件事,让村里好几年不平静,都说红艳这孩子心眼真多,不声不响地跟他叔跑了,这回可是有肉吃了。

宋大成走了多少年，也一直没有个消息，他爷硬是活到了八十有六才去世。谁也找不到宋大成在哪里，也没法给他个消息，他那个嫁到外地的姐姐跑回来给他爷指路，送上了去西天的大道。

宋大成一家回到村里的时候，大家才又想起来这么个人，脸上倒是见点肉了，还是戴着墨镜，西装却是皱皱巴巴的，一点也不像在外边挣大钱吃肉喝酒的人，却还是多少年前的那个派头，见谁都撒烟，招呼这个那个去家喝酒，众人都一脸茫然："去哪个家喝酒啊？"那两间羊圈给村里卖了。好在宋大成大伯的一个独院空着，暂且收拾了住下。跟宋大成跑了的那个侄女却没回来，只有一个闺女一个小子跟回来，是他们的一对儿女了。宋大成住了一个多月，去爷的坟头上看了看，去比较近的本家串串门，给他们介绍自己的一对儿女。在这家吃一顿，在那家吃一顿。就是没有登他那个哥哥或丈人的家门。

又是几年过去，村里有个工头带人在河北南皮一带盖楼，忽然在街上见到了宋大成，也见到了时隔三十年的红艳，可真是也不红也不艳了。老两口在一家木器厂看大门，在厂门口住两间传达室，房子破破烂烂的，屋里栖栖遑遑的。宋大成热情得像着了火。炖上一锅子肉，和几个老家人喝得一塌糊涂。

酒喝到最后，宋大成捂着脸呜呜哭。手掌粗糙，倒也宽大，只听见哭声，看不到他的脸在哪里。

小五子

全镇各村老少称月庄镇驻地的人为街狗子，举横行霸道的意思。我们的街狗子同学们就不把我们乡下孩子当回事，不得已和乡下孩子说话，也是眼珠朝上，双臂环抱，不屑一顾。

小五子就是一只纯种的街狗子。他爷是走完二万五千里长征路的老红军，所以在镇政府大院里有一个四四方方的小院，五间大北屋。偏偏，我和小五子这只街狗子很好，别人都很奇怪，只有我清楚。那次，我和小五子一块尿尿，尿完了，小五子拨弄了几下自己的小鸡，突然问我："我这里怎么长了几根黄毛，你那里有吗？"我打小害羞，肯定不会去回答有没有。小五子又说："晚上，我看看俺爸爸那里有没有？"他们街狗子都喊爷为爸爸，很别扭。第二天，小五子趴我耳朵上说:"俺爸爸那里一大堆,刚着黑,本害怕了,男人都这样。"大概是我知道了小五子的这点秘密,他也就格外和我亲密。

小五子曾经邀请我去他家吃过一次猪大肠。我因此见到了他的爸爸,一个矮小瘦弱、胡子特长的小老头,精神头很好,老眼放光。不难想象,年轻时一定像小老虎一样。他不像其他的街狗子那样目中无人,大概见我拘束,他把目光离开电视,扫到我脸上,用烟袋杆指了指一个马扎,大声说:"坐。"电视上,一群穿蓝色军装的战士在敌人的炮火中,举着上好刺刀的步枪,冒着敌人的炮火,呐喊着冲下山去。我正被电视中的情节紧张着,小老头又大声笑了一下:"扯球,有这么打仗的吗?"

一大盆猪大肠端上桌子,一阵香臭砸进鼻子,又窜进肺腑,嘴里立即满了口水。第一次知道,吃肉还可以这样吃,一下子就是一大盆端上来。那时,我们家一年吃一次肉,一个人就吃几块,肉块和花生糖差不多大小。看着一大盆猪肠子,闻着又臭又香的味,我一阵又一阵晕眩。打小,我就是一个嘴馋的孩子,见到梦中想吃的食物,就会主动地晕眩,一阵晕眩之后,是剧烈的想去咀嚼吞咽的渴望,像电视里的战士猛虎下山一般。

小五子的爸爸目光还在电视上,看着举旗欢呼的战士,摇了一下头,又使劲叹了一声,低头夹一段猪大肠,摁进嘴里,扭头看看我,大声说:"吃。"大肠不太熟,牙齿能够咬断,却一时半会儿嚼不细,又怕小五子笑话我一个劲地嚼而不咽,是因为馋而不舍得咽,只好整块努力往下咽,噎得我伸了好几次脖子,才"咕咚"一声下去。小五子笑了笑说:"肉就是七八分熟才有香味,我们家里都爱吃不太熟的。"怪不得小五子四个哥哥都一脸横肉,吃半熟肉就满脸横肉,还满身长黑毛,这是我从村卫生室的瘸子医生那里的一本书上看到的。不过,在我工作以后,我自己去割肉炒菜,或者拿肉丝煮面条的时候,我也喜欢让肉不超过八分熟,而且一直坚持到现在。

后来,好长一段时间,没有见到小五子,只是从同学嘴里得知他的一点消息,先是他爸爸去世了,小五子的四个哥哥争夺家产,把小五子扫地出门。读高中的第一年,我又见到小五子一次,好像是周日的下午,我刚从家里拿煎饼咸菜回校,还不到上晚自习的时间,我就到一个小市场那儿转悠。在一个投圈的地摊上,我看到一个熟悉的身影,我转到他的正面,果然是小五子,正手拿一个竹子编的圆圈,专注地盯住前面。前面的空地上,摆放着香烟、小手电、手镯、小圆镜,都是块把钱的东西。套一次一角钱,手中扔出的圆圈套住哪一个就归自己,套空了,只能自认倒霉。我怕小五子看到我,悄悄地溜走了。我知道,这个时候的小五子是真正的街狗子了,他的那个地方也一定是长了一团黑毛,而且也知道自己为啥长毛了。

在一次同学聚会上,我忽然提到小五子,有个三十年没见的同学说,他和小五子经常聚聚,来往较多。小五子因为有个走完长征路的爸爸,后来被县纺织厂招工。他在厂子附近一个村子里租了一间小平房,那家只有两个孤寡老人,无儿无女,小五子就照顾着柴米油盐,两个老人干脆把几间平房给了小五子。十年以后,县城旧城改造,老平房被拆,小五子得到两套新楼房,他住一套,另一套卖掉,买了一辆黄河车,走南闯北地跑长途。

小五子啊,混大发了。我那个同学很感慨。

至今也没见到小五子,好像觉得自己亏欠于他,为什么呢?不知道。大概是因为那一锅又香又臭的猪肠子。

卖　桃

沂河两岸多山，山多圆润，没有突兀笔直的峭壁，如一个恬静的妇人，在一个漫长舒适的午睡后，面对一湾清水，张开丰腴的五指，这根根手指就是道道山梁，山梁上多果树。

河边的肥地里多是葡萄，沿着到河边的小路向上，多是桃、苹果、杏、核桃、枣。从卖四月半（四月中旬成熟的桃），五月份的五月红，六月份收青卖红富士，一直到霜降后的红提葡萄，水果不断，也不断人。冬季人也不少，一早一晚地到果园里下套子套野兔，追肥、剪枝，果树涂白杀菌。

宋玉成的桃园就在其中一根手指上，而且在与手掌相连的骨节上。面积很大，大多是桃。年轻时，宋玉成在外奔波，走街串巷，做过不少小生意，在沂河两岸见人多，受人尊敬。年龄大了，腿脚不便利了，宋玉成就卖掉了拖拉机，一心一意地伺候百十棵桃树。桃树苗是托朋友从省农科院买来的,中华寿桃和美国油桃,品种不多见,树苗的价格很贵。几年下来,桃园像模像样了,收成也不错,就是有一点,水不方便。桃园离沂河有二里路,坡度大,浇一遍桃园费很大劲,光是铺水管、搬机器,就要半天工夫,又累人,又费钱。儿女们都在外,人手少,这就需要一个好地邻。

宋玉国和他是邻居。宋玉国是宋玉成的一个叔伯弟,小他两岁,也快六十岁的人了。一辈子没啥大本事,在村里就像一根任人揉搓的麻绳。靠土里刨食,给两个儿子娶媳妇、分了家,自己留一片山地,栽地瓜,秋上收了地瓜干,拿去换面粉、面条,换当地产的沂源老白干,称盐打油也要靠卖地瓜干来钱。四年前,看到宋玉成的桃卖钱多,就央着宋玉成接济接济他,宋玉成欣然答应,毕竟是没出五辈子的老哥们,宋玉成给他买来毛桃栽上,加大了肥料,多浇了一遍水,当年就小孩子胳膊粗细。第二年春上,宋玉成剪下自己的桃树枝子,给他嫁接成寿桃、油桃,俗话说,桃三杏四梨五年,嫁接后的第三年上,桃树开花结果了。

管理桃树,宋玉国寸步不离地随着宋玉成。宋玉成打药,他打药,宋玉成疏果他疏果,套袋,摘袋,到卖桃子的时候,满满一筐桃子,红的红,白的白,两人一人一边,齐喊一声"嘿"抬到车上去。庄稼活不是做小本生意，走街串户的，交钱拿货，当天可以算出成本利润。桃树需要的农药、化肥、袋子，都是预先和买卖人讲好了的，上半年赊着用，下半年见了收益，再还账。没人肯赊给宋玉国，宋玉成就给担保，人家就放心痛快。几年下来，宋玉国手里有了闲钱，在村里人面前也敢说几句话了，称盐打油走亲访友的开支，不愁不忧。村里人开玩笑，哈，宋玉国都抽上过滤嘴了。

宋玉国的果园在下面。在宋玉成的帮衬下，也有近百棵桃树了。在各自的地里忙活的时候，如果有什么事，一声喊，那边就接过话头去了。两人象征性地垒了一道堰，很矮，一步就能跨过去，算是隔开。中间留了一个豁口，来回借个家什，喝茶，方便。到了中午，日头毒起来了，宋玉成就隔了几十棵桃树，喊宋玉国一块吃饭，喝点辣酒。宋玉成的日子殷实些，不断有鱼有肉的，做下酒菜。宋玉国就想尽法子弄点新鲜的，六月份的蝉，八月份的蚂蚱、螳螂，河里的小鱼小虾，嫩豆角、小毛桃腌制的咸菜，一一摆满一块青石板。老哥俩大声地说笑，面对着桃园，喝酒，抽烟。

遇到浇桃树、卖桃这些累活，两个人就一块，累得呼哧呼哧的，老半天直不起腰来，但总比一个人轻快多了。

宋玉国老说，多亏你啊老哥，我这几年的日子全靠你帮衬了。宋玉成笑笑，不是外人。宋玉国这话是掏心窝子的话，不是宋玉成的照顾，宋玉国还是糊涂（玉米粥）粘不住锅的恓惶样。

两家的桃园里多是油桃和寿桃，每年的五月份、十月份是两个老汉最累的时候，桃子下树，要格外小心，不敢碰了、摔了，有一点损伤，立马就不值钱了，只能看一眼，叹息一声，拿回去给左邻右里哄孩子。桃子装箱，一个一个，排兵布阵一样，不能留下空隙，免得颠簸之后走形破皮。一箱桃子三十斤，就要两个人往车上抬，不断地捶腰、咳嗽，汗水湿透前胸后背。宋玉成的身体壮实一些，大部分就自己干了。

收桃的小伙子是宋玉国的侄子，平时上蹿下跳的，不安分种地。不知啥时候摆弄起了网络，在网上结交上了南方的朋友，搭伙做水果生意，这边收，那边卖，一年四季贩卖水果。宋玉国的侄子叼着细长的烟卷，双手卡在腰里，用皮鞋尖头踢踢箱子，上下嘴唇一动，喊出一个让人心寒的价格。辛苦一年成熟的桃子，要给什么价格，全凭宋玉国的侄子一张嘴。不卖不行，桃子过夜就变软，只能倒进废水沟里。宋玉国的侄子富了，闲下来的时候，就喝酒打牌，开车到县城里洗脚、唱歌，没有谁在他眼里算个人。

宋玉成对自己的桃子很自信，凭借多年的经验，和自己喂孩子一样细心地管理，宋玉成的桃子个大、色好、皮滑，多少年了，宋玉国的侄子也就认宋玉成的桃子，经看，怎么看都不掉价。

三个人围着桃子砍价的工夫，宋玉国从宋玉成的箱子里拿起一个桃子，说，老哥，你这桃子在树上很好看，个很大，摘下来怎么看着就小了，颜色也差了。宋玉成正拿一支烟递过来，不小心碰到了桃子上，那桃子"砰"一声落到地上，骨碌碌滚到了宋玉成脚下。

沈传生

沈传生是从小水村跑到镇上开饭店的。

那时，土地包产到户刚几年，看着一大片地，沈传生愁得差点把自己的脑袋摁进地里去。到了玉米及膝的时候，土地松软，水分足，该套种豆子了。沈传生到了地头，左看右看，找块平整的石板，扛到地头树荫下，抱着镢头，倒头就睡。睡足了，掀起石板，把豆种往下一倒，回家了。到除草的时候，沈传生又找上了那块石板，一头高，一头低，正好靠着睡觉，一靠，平着就倒下去了，掀起来一看，压烂了一窝豆苗。

娘哭爹骂，骂急了，他跑到镇上不回来了。

大凡懒人，都得先解决饿肚子的问题，谁知道沈传生哪来的本事，在镇上开了第一家饭店，还娶了镇驻地村书记的女儿。一改革，一开放，镇上的生意人就多了，开油坊的、开商店的、理发的、修理自行车的，一夜之间就冒出来，也有买了拖拉机、汽车搞货运的，一条街热闹起来了。沈传生捏着粗瓷茶壶，坐在树荫下，冷眼打量来来往往的车辆人流，心想，来了收货的、送货的，都得进饭店招待，都得给我送钱。还真让他揣摩准了。

沈传生掌厨，大个子妻子配菜、管账，找个帮手送菜、迎来送往、打扫卫生，饭店的生意好起来了。第一次回小水村，沈传生骑锃亮的永久牌自行车，上身雪白的衬衣，袖管高高挽起，一块手表就在腕子上耀眼，村里人就说，这世道要变。

外镇的来了，外县的来了，外省的来了，操着各种口音，穿了各色衣服，要求菜的口味就更不一样。儿子长发、白脸、贼眼，正在读初三，给沈传生一鞭子赶到济南学厨师去。学了半年跑回来，带回一个济南的媳妇，还不到结婚年龄，就先在饭店帮忙。儿子倒也争气，干得很带劲，菜的花色品种一多，客人就多起来。街上的生意人、客户都来。看看这阵势，沈传生跑村上要地皮，崴过年去，一憋气盖起带地下室的三层楼，客人来了可吃可住。爹娘年龄大了，干不动了，沈传生安排爹娘到镇上来晒太阳。爹抽商品烟，云门牌或者大鸡牌，一天三顿辣酒，露着黑牙红牙龈，没事直嘿嘿，或者到桥上看一会儿玩水的，钓鱼的，回来坐在树荫下，点烟，烫酒。

迎来送往的，到了九十年代尾巴梢上。

相熟的客，有钱的主，沈传生就抱了一瓶好酒，攥两盒讲究一点的烟，坐下首，敬几杯，说一番客套话，再让厨房加两个菜。熟人遍地是，人也就活泛，算是镇上的一个角了。镇上经济靠水果种植、贩卖，南来的，北去的，多了去了。来饭店的水果贩子都拿眼瞅柜台上的儿媳妇、送菜的小服务员，醉了的就说话不中听。沈传生看在眼里，晚上跟儿子一合计，把地下室倒腾出来。看出来儿子兴致很高，亲自租辆车跑到济南附近的一个县，领回来三个短装黄毛的丫头。外地的客人多了，待的时间也长了。本镇的客户却来的少了，想来的怕人家指指戳戳，年龄大一点的，干脆就在街上骂。沈传生的爹不太习惯，骂了几句，沈传生拾起爹的南泥壶往红水河里一扔，老头的声音就小了。

沈传生长得就一副青皮愣头相。

儿子跑了，还有一个地下室里的黄毛丫头，还有一摞数目不小的存折。沈传生已经掂不动大勺了，但没事一样，找来一个厨师，干了不久，老婆不让来了，加钱也不干了。再找一个，半路上撂挑子，受不了沈传生老子有钱的熊样。折腾了几次，来光顾的就少了，黄毛丫头也留不住南来北往客，和客人一块不见了。半年时间，沈传生的贵宾楼就空了。沈传生开始坐在楼下的闲地上喝茶抽烟骂人。要不到这份上，他会把房子租给沈玉生，他几时拿眼皮夹过沈玉生这号人？

儿子是一年后和警察一块回来的。不足一米六的儿子成了大盗。回来一趟，看看爹娘媳妇儿子，又走了，去的那个地方不近，不可能有饭店，在济南学的手艺八成要荒废了。饭店没法开了，就找人说合着，包出去，一家老小住到地下室去。很晚了的时候，喝一口苦茶，听楼上各种口音吵吵闹闹。或者到洪水河边，听蛙鸣，听鱼跃起的水声。

学校门前突然就多了一副车，两轮，有一个大棚子，双层，上面左边一个锅子，锅里是油，冒着热气，右边几个不锈钢盘子,摆放着待炸的鸡腿、小鱼、火腿肠、蘑菇等,下面一层是一个液化气罐,塑料管连着锅子下面的气灶。旁边站立的正是沈传生。正是深秋,风冷且硬,沈传生蜷缩在大衣里,只露出一只手往嘴角递烟。出来一个校警撵他走,不让在学校门口摆摊卖三无食品。沈传生梗着脖子不让:"老子天天吃这个。""你是谁老子?"校警很年轻,上前猛推了一下沈传生的肩头。沈传生的拳头攥了两攥,又慢慢舒展开来。

"我等等就走,我等我孙子,他在里面上学。"

说完,沈传生努力地把目光投向学校校园。

羊肉汤

老赫的饭店坐北朝南,南面是省道,车来车往的热闹;东面是一条小河,四季不断水,到了汛期的时候,会冲下很粗大的树枝,或者是红红黄黄的衣柜。有一年,大水退去,老赫在河边的淤柴里,拖上来一具年轻的尸体。西面紧挨的是一家五金杂货店，小两口天天在院子里忙活。

说起来，老赫活得很是轻省自在。老伴掌厨，是店里的大拿，锅碗瓢盆油盐酱醋，弄得有滋有味，人也总是笑眯眯乐呵呵的，说话声音很大。未过门的儿媳妇，那么俊俏的一个人，秀秀气气，飘来飘去的，沏茶上菜收钱，干净麻利。你说老赫还能干什么，老赫就只有喝喝茶抽抽烟，和吃饭客老熟人拉拉呱了。

老赫的房子是上下两层，下层是自己的住房。上层一溜五间，中间三间做大厅，摆五张桌子，凳子都摆在一边，来了客，再依次摆开。两边的两间，用木板隔开，做了四个小单间，讲究一点的客人，三五一伙，可以到小单间说话喝酒，也肃静，也可以讲些私密话。

老赫更讲究的是，店前的院子，有三十几个平方，撑起一个钢架结构的大棚子，摆了几张桌子，茶、开水可以自己动手拿，过客可以避雨。吃饱喝足了，不想走，也好办，喝茶打牌说说话。春夏初秋三季，老赫总在自己的小圆桌上摆好茶烟，自取自用，自斟自饮，自得其乐。时间一长，也许是那些风里来雨里去的商贩眼馋了老赫的自在，给他取了个外号：赫赖子。这名号不见得有恶意，反倒是说人家老赫活得滋润。老赫也不在意，叫去吧。

赫赖子的饭店叫盛开酒店。店前是这一带的耍场子，正邪老少，高矮胖瘦，都爱来这儿喝茶说话耍个小钱。

沈全有也常来耍。沈全有是河对面一个杀猪的，脸黑手大，尤其那俩眼，一瞪溜圆，还老爱瞪，和别人吵嘴，爱瞪眼，输了三毛两毛的钱，也瞪眼。沈全有呢杀猪也怪累，要起早杀好，天刚放亮，就得热气腾腾地摆到案子上。天天不断杀猪卖肉。人家给他起个外号：沈三多。哪三多？这也是相熟的人总结的。一是心眼多。沈三多脸黑眼大，且白眼多黑眼少，白眼一斜，就是点子办法。二是老婆多。年轻时娶了一个，生孩子难产死了，再娶一个，跟人家跑了。现在这一个，倒是很能干，给猪捅刀子刮猪毛翻肠子，嬉笑着就干了，就是不能生养，只好抱养一个脸大的女孩子，也长到十五六了。三是钱多。不缺钱，反而还想钱生钱，老想有一个轻省的赚钱处，早晚一日扔了那杀猪刀子。沈三多算是小镇的一个人物。有钱的都算是人物。

赫赖子就很瞧不起沈三多，背后曾对人说过，说人分三六九，商也有上中下，沈三多，也算个商？这话说得有点狠，沈三多要知道，就太伤自尊了。能不知道吗？自古祸从口出，沈三多也还来耍，也说说笑笑，心里还是拧了一股劲。这人就怕让人惦记，惦记上你了，或者说恨上你了，不给你说好，就会骂你，一个人老给人家骂，还有好吗？

先是长途电话打到派出所，派出所老刘带人来到盛开酒店找赫赖子。那时候，赫赖子正从一个长长的午觉中醒来，见面前都是熟人，就喊未过门的儿媳沏茶上烟。赫赖子的那个儿子犯事了。事挺大。赫赖子没等听完，手中的小泥壶就落地上了。

老刘说没别的办法了，赶紧得捞人，要不然判上十年二十年，出来就不是那回事了。你孩子入的是黑社会，一块逮住了十几个，你只能用钱去找找门路。钱的数目太大，赫赖子有些憷。但只此路一条。

沈三多是趁黑夹着一个包进来的，进来就说，咱直说了吧，我知道你钱不够。这是十五万，也够给你凑一半的了，其他的你自己想办法。但是，楼上这一层就算是我的了，下面你先住着。

沈三多收了房子，不干别的，还是开饭店，杀羊。他笑着对围观的人说，我就是喜欢杀牲口。沈三多只卖羊肉汤，一整只羊煮熟了，肉剔干净，切碎，盛满一个大盆子，来人喝汤，盛上一碗，撒上芫荽葱花胡椒，抓上一把碎肉，醋在桌上，自己随吃随倒。生意好得不得了。明眼人一打眼，就知道这一只羊卖完，沈三多能挣三只活羊回来。

赫赖子在下面一层活人,很少出来,显得年龄越发的大了。抖抖索索的,弄一个快餐车子,在西边中学门口那儿给学生烤香肠烤鸡块,闹腾几个钱。来回地从沈三多的羊肉锅前走,看那热气腾腾的锅,回好几次头。有一次,沈三多喊住了他,说老赫以后一早一晚喝碗羊汤,暖身子。老赫还真喝。那汤也真是鲜香。

也只半年光景,赫赖子得了严重的痨病,一口气上不来,弯着腰憋半天,都说是他给学生烤肠子鸡块,烟熏火燎的,把肺叶烤干了。派出所老刘不认这个,有一次,大概是喝酒多了,老刘指着沈三多的鼻子说,他说,你妈的沈三多,真不是东西,每次给赫赖子喝羊汤,你为什么还要偷偷放把盐?成心吧你?

这么说吧,盛开酒店下面那一层早晚得是沈三多的。明眼人都知道。

食　客

　　她的这个小店，是从她家里延伸出来的。她的家在一楼，她把车库改装一下，又在连接车库的那儿，搭了一个钢架棚，有十几个平方。一边摆了三张小桌子，每张桌子摆五六个小马扎。另一边，是几个从不熄火的煤球炉，上边搭了一个金属平面台，一溜摆着几个铝铁盆，依次盛着她早就炒好的豆芽，土豆丝，炸鱼，煎豆腐，炖排骨，炒辣肠，花样不少，样样冒着热气。

　　相中了哪一样，招呼一声，老板娘"好咧"一声，利索地盛到方便袋里，往电子秤上一放，麻利地喊出价格，边把菜递到你手里。钱是顾客自己放到菜盘下边的一个盒子里的，零钱也是顾客自己找。有一两次，周末独自在家，无心去伺候饭菜，就散漫地下楼来，买一份豆芽，一份炸鱼，味道真不错，绝不是糊弄人的街头小炒。

　　最近几天，每天傍晚去买馒头的时候，发现总有一桌子食客。不像是本地人，说话快得听不清。都穿着迷彩服，衣服上满是石灰点子。看来是干完活，没有刷洗，就跑来喝酒了。我看到桌子上的菜很简单，一个大盆子，里面盛着一团青菜，不好说是啥菜，我猜测也许就是油菜或者菠菜。盆子周围，还有几个小盘子，有一两样菜，炒好的豆芽，或者是芹菜豆腐皮。好几次了，没有见到炸鱼或者炖肉。但他们吃得很高兴，个个脸上都很快乐，大声地说着话，一块端酒杯，往前凑一凑，算是碰杯了，使劲抿一口，发出很满足的"啊"的一声，吃几口菜，放下筷子，互相递烟，长长地吐出一口，又开口大笑。这是一群快乐的人。

"不像是咱们这里的人啊。"我对老板娘说。

"四川的，说话都听不懂。"

"大冬天的，干啥活？"

"谁知道呢？在义乌商品城那边。不容易，一天下来也就靠喝点辣酒暖和。"

义乌商品城，我知道，是县里的招标项目，地点在鲁山路的南边，占地几十亩，建了快十年了，总也完不成。前一阵子敲锣打鼓放鞭炮，往外租卖店铺，准备开业，后来却又没有动静了。这里面的故事，我们知道也可，不知道也无所谓。小城人的吃穿用离了它，也耽误不了。

这几个人吃喝得差不多了。有人回头喊了一句。是个扁长脸。老板娘掀开一个锅盖，端出一笼子馒头，冒着白乎乎的热气。给他们放下馒头,顺手把他们小桌上的菜盆端过来,从冒热气的盆子里,舀了两勺子炖肉,倒进盆里,放到桌子上。几个人一起朝着老板娘喊了几句,大概是感谢她。那个扁长脸还举起手中的酒杯,朝老板娘点了一点。大概是敬酒的意思。

我说:"大妹子,你是个好人。"我看她年龄比我略小,我喊她大妹子。

她脸一红说:"他们也不容易,舍家撇业的,离家千里万里,泥一天土一天的,到晚上散了工,就盼着像在自己家一样,吃口热乎饭菜,还不舍得吃好的。"

她顿了一下,又说:"一开始,我也不愿招呼他们,五六个人,吃喝三四个小时,也不过才三五十块钱,不管多冷,我得站在冷风里等着。我的小女儿每晚都要等我收拾完了,才肯睡觉。"

她撩了一下右边的鬓角。我才发现,她右边的眼眶上贴了一块创可贴。我没有问,大概是给热油烫了。

"可是,有一次,他们中一个正吃着饭,忽然呜呜呜地哭了。他一哭,那几个人也哭。从那一次开始,我就觉得他们在我这里吃饭是对的。"她羞赧地一笑。"我也不过搭上点时间。"

这时,他们大概吃完了,稀里哗啦站起来。那个扁长脸，踉跄着步子走出来。他的脸有点红了。他个子略高，眼睛很小。看他的身架，就知道是受过累吃过苦的。脸上已经完全没有了农民的朴实，有点油滑，是满不在乎的油滑。他看见我在老板娘一边站着，也丝毫没有在意。伸出一只手，捏着一张五十元的纸币。那只手骨节粗大，手指粗长，有点弯曲变形。只有在酷暑严冬干苦力流过血受过伤的手，才会变成这样子。

老板娘从抽屉里找出一张十元的，一张五元的。扁长脸左手接钱，右手在老板娘递钱的手面上，撸了一下，动作很快，似乎很用力。老板娘脸红了一下，却面对他，靠上去，把右手臂搭上他的肩头，把他的身子往自己右边的身子拉了一下，拍拍他的肩膀说："想家了，就回去吧，也快过年了。"

扁长脸脸红得要出血。但分明是，他的眼角有了泪珠。我看老板娘的眼角也红了。

风还是很凉。我的腿脚有点麻了。老板娘的目光还追随着那几个人。我看到，那个扁长脸也回头看着我们，在昏黄的路灯下，他的两眼反射着光，像戴着两个眼镜片。

懒 汉

由村北去五里的山脚下,有一块空地,空地上荒草及膝,有一屋一树,屋是石墙黑瓦,两根粗大的石柱子。屋前一棵松树,极特别,到中间那儿往右拐了个弯,又往上长,没有旁枝,像极了端肩扭臀的女子。

屋内地面是土的,平整,有很多裂缝,宽长交错。以前专放死人的骨灰盒,在门口就感觉到森森的一股凉气。我们都不敢进去,在山上玩野了,遇上大雨,丢鞋碰腿地跑下来,也只敢在前厦里躲躲,一个惊雷,我们就哇哇叫着跑出老远。

懒汉死前就一直住在这里。从门口往里面东北角上看,就可以看到一堆黑棉絮,还有一件发了黑的军大衣。有时,冷不防从黑棉絮里露出一张瘦白脸,两个眼球很突出,长发披肩,很像吊死鬼。但我们都不怕他,在我们眼里,他就是一副还能走几步的骨头架子,不像小鬼那样,呼一下就到你面前。

懒汉叫王大成，因为懒惰，人们都不愿意叫他王大成了，都觉得还是叫懒汉顺口，也很适合他。

回家说给娘听，娘说你们别惹他，也别欺负他。懒汉到我家要饭，娘都是给他两个煎饼，有剩菜的时候，就盛在他的豁口碗里，看着他走出去。功夫不大就听见邻居的叫骂，滚出去，你这个懒汉，要饭哪有在自己村里要的！

懒汉真是懒得到家。那时，土地都包产到户了，不是懒汉，谁会要饭呢？

不管走到哪里，无论春夏，懒汉都斜披着那件军大衣。他曾经当过两年兵。当兵之前，懒汉是村里的闲人，十七八岁的小伙子，手脚都粗壮，却皮白肉嫩，长一副城里人的眉眼，下不得庄稼地，见不得牛羊粪，每日东逛西游，或者到镇上的理发店听歌，或者爬墙头进影院。懒汉的娘是小脚，不能挑，不能推。但娘俩饿不着，懒汉的爹是在村里蹲点办识字班的干部，走了就没回来，现在在南方一个部队当官，按时寄钱来。懒汉到部队，也是他爹的意思，锻炼锻炼他，看他是不是块料。不要老婆了，还放不下这个儿子。谁知道懒汉在部队上踢了一年正步走，就穿着一件军大衣回来了。

娘问他，咋回来了？王大头家就容不下你一个碗？

不是，是我摸我妹子的手了。

好好的，你摸你妹子的手干啥？不一个娘，也是一个爹的妹子。

娘，你不知道，我妹子的手她真是白。

把他娘气得一病不起，时间一长，没原因地瘫痪了。懒汉回来的第二年春天，瘫痪娘烧火取暖，烧着了堆在一旁的干柴，把她自己烧死了。那时，懒汉正撇着腔跟一帮子闲汉打牌。

娘死了，村里人更不待见他，房子烧了没钱修。他只好要饭喂肚子，晚上在没有门窗的骨灰堂住下。懒汉要上了饭，村里人就担心地里的地瓜、高粱、大豆，但一次也没丢过。

懒汉到四十多岁上，有了一个伴，一个疯女人，村里人都说是邻村的，走亲戚的在那村见过，一年到头舍了家，没白没黑地乱跑，跑到我们村，遇到了懒汉，就经常来，来了就在骨灰堂住下。懒汉就添了一副碗筷，要饭回来先给她盛满。村里人下地栽地瓜、收高粱，常见懒汉和那疯女人在骨灰堂前的草地上，嬉笑着捉虱子。那疯女人常抬起头嘿嘿地笑。模样也还周正。

懒汉干净起来了，也利索了。不知从谁家要来几身粗布裤褂，乐呵呵地去走村串巷。有几次，村里人还看骨灰堂的前厦下，冒起了股股白烟。

起个名字叫雀儿

疯女人大热天来，到了秋上，女人的肚子大起来了，把个破夹袄撑得鼓鼓的。懒汉出去要饭更勤了，拖拉着一根棍子，进家门，先点头哈腰，没有了先前的气势。在这之前，谁要是说一句家里没剩饭，懒汉是掉头就走，再不进这个家门。初秋的玉米、大豆、高粱、豆角，深秋的地瓜、白菜、苹果，开始丢了，村里人都明白，怜惜他大半辈子的人了，不和他计较。骨灰堂里开始有模有样的，一堆一堆放得很齐整。窗户用一块塑料纸糊住，几捆玉米秸挡住门口。前厦下的烟火越来越旺了。

到大雪的时候，疯女人不见了，村里人也不知道那疯女人是怎么走的，去山里套兔子的碰到了，说是几个男人拖拉着，翻过山梁去了。懒汉要饭回来，见不到人，提着棍子就走了。

一直到过年，没见懒汉回来。春节后，走亲戚拜年的村人说，见懒汉在那个村里转悠，人更不像样子了，头发连着胡子，胡子耷拉到前襟上。喊他不理，狼崽子一样红着眼珠子。那家人不让他见疯女人，他就睡在那村的烤烟房里，不走。

雪化草绿的时候，往地里送肥的村人，歇脚抽烟的功夫，听到骨灰堂里有人喊，很瘆人，可不就是懒汉回来了，瘸了一条腿，脓血满地。那个疯女人生了一个儿子，他闯

进去抱了就走,给人拖住把腿打断了。屋里的地瓜白菜冻住了,又化冻了,臭烘烘的。从那时起,懒汉的棍子就不是拖拉着了,拄在腋下,一拐一拐地走村入户,进了家门,一句话不说,等一会儿不给就走。见到小孩子,就傻上半天。

那些小孩子,就像小时候的我们,哇哇叫着跑出老远。

你想起了谁

马平、张周和苏义聚会的日子不定,其中某个人觉得应该聚一下了,就电话约约,定好时间,到聚来多的那个小雅间坐下,时间大多是晚上,而且是正常的饭点以后,只有这时候,苏义才会有时间,不是规矩,也成了约定俗成的习惯。

三个人是高中同学,读书时就在一起疯,后来各奔东西。有没上大学的,苏义读完高中就拉倒了,先是到工厂干合同工,工资福利也算可以,后来辞职和老家农村的几个哥们搭伙,做零工,刷墙漆,县城里竣工的大楼,有一半是他们刷的漆,这活有危险,风风雨雨地吊在半空里,还有一身永远洗不掉的油漆味。马平和张周就不同了,大学毕业回来,参加事业单位招考,幸运地进了机关,一晃十五年过去,在单位也都是中层领导了,有些事说了就算,认识人也多,三教九流,吃吃喝喝的,有些事就办了。苏义那边很多爬楼的活是他俩给拉来的。

三个人坐一块,就是喝酒,抽烟,说说小城里的新闻,很少说高中时的那些事。这一次,是张周约的。那是个冷透了的二月天,再有两天就是情人节了。喝酒,喝得差不多了。张周歪着杯子,看着放下菜转身往回走的服务员,问:想起了谁?

这个问题让马平和苏义抬起了头,对望了一眼,又一起把疑问递给了张周。

张周干笑了一下。他说:"我最近一直在想,当我最寂寞无聊的时候,我该想谁呢?我在脑子里猛地一想,也就是说别故意地去想谁,结果我谁也想不起来。这让我很不安,我们三个不是很好吗?我怎么也想不起你们两个呢?我觉得闷,我不能再掖着了,你们两个要说实话,跟我说实话,你们会想起谁?"

马平说:"咱们经常地见个面,拉拉呱,想不起来也是正常的,就咱们三个在高中时干的那些事,留下的那些话头,如果天各一方,说不定彼此就是最想的人了。"

张周拿鼻子"嗤"了一下。

马平双手捧了酒杯说:"还真是有个事,读大学时,有个女同学,好了两年,毕业的时候,只给发个短信不见影了。她说恋爱是为了消灭大学里的无聊。早知道,我先把她给灭了。咱农村孩子第一次谈恋爱,容易吗,一陷进去就是大半辈子的感情啊。我们谈恋爱吃的喝的,那都是老娘老爹从地里抠出来的。"马平眼圈子有些发红,吸一下鼻子说,偶尔还想起她。

苏义看了看张周,意思是闹大了吧。

张周说:"你别瞪我。你说你还想付丽吗?"苏义的身子像给谁挠了一下。张周看他不说话,就继续说:"其实我们都知道,你那不是谈恋爱,你们平时学习以外的话都很少说,怎么就是谈恋爱呢?你们两个学习都好,就是经常一块做题,我和马平还嫉妒你呢。你说你们怎么黑灯瞎火地跑到操场上去了?"

苏义苦笑了一下说:"那几天我看她情绪不太稳定,就想安慰她一下,给她鼓鼓劲。"

张周说:"高考前一周,有几个是稳坐钓鱼台的?大家都直着眼,趴在桌子上对付试卷,路上、食堂里,一个个神情恍惚、像给鞭子抽着一样的同学，差不多都是高三的，谁顾上谁啊，你还去稳定别人的情绪？"

说起来那事闹得挺大。那晚苏义和付丽在操场上的黑影里坐着，被负责高三级部的副校长当场抓住，那个视高考为生命的老副校长，话不多，却让苏义想当场自杀。他说："如果想参加高考，明天早饭开始，你们两个在餐厅门口站一天。不愿意站，明天一早卷被窝，现在马上回宿舍。"于是，第二天，那所高中学校的所有师生，都认识了苏义和付丽。出事后第三天，也就是罚站后第二天，苏义自己卷了被窝。

苏义顿了顿，说："付丽工作后，给我来了个电话，就一直联系着，也就是过年过节的时候，发个短信问候一下，没别的，你们两个别瞪眼，你俩的文化和她比算是扫盲班出来的。"

张周和马平都拿指头点苏义。

后来苏义就一直没再说话，酒也喝得很少。张周和马平不敢再劝他，他们都知道，苏义家里还有一个瘫痪媳妇等着他照顾。苏义的媳妇是遇了车祸后瘫痪的，医生说能站起来，只是不知道会在哪一年哪一天的上午、下午还是晚上。媳妇瘫痪后，苏义不能再上三班倒的班了，就辞了职爬楼架子挣钱，收入高一点。

那天晚上,张周把苏义架到家门口,逼着他说实话:"高考前的那个晚上,你和付丽都说了些什么?"

苏义说:"整晚上就说了一句话,是在走出操场的时候,是付丽说的,她说她想参加高考。"

阿 炳

要不是他在街道那边又跳又叫,我压根不会想到是他。

隔着人来人往、车来车往看着他,我的心里一阵阵地热。我的耳边突然响起那首歌:特别的爱给特别的你……这是阿炳最喜欢的一首歌。

他比以前更瘦,脸色蜡黄。我们紧紧地攥住手,眼光猛地一碰,随即就散开去,说几句话,撒了手,约到一个小饭馆。

我等他说说这些年的情况,那边却静下去了,他玩弄着手里的杯子,或者已经点燃的香烟。

"你还唱那句歌吗?"我开口。他不是这样的性格。

起个名字叫雀儿

阿炳高一的下学期开始学美术,那个瘦高个的美术教师说他:"有潜质,好好画,考个本科院校没问题。"学美术的同学都很怪,独来独往,昼伏夜出。白天趴课桌上睡觉,晚上两眼放光,盯着一块木板左比画,右打量。个个苍白着脸,目光呆滞,神经病一样。只有阿炳最阳光,熬夜很凶,但面色红润,穿着利索,干净,不像其他的美术生,夏天穿一件老头衫,用手掌做画笔,蘸了浓墨,前后各画一个脚丫子。阿炳喜欢一个女同学,很静,爱脸红,比我们高一级。每次阿炳从那个教室前走过,都要停下来,把头伸向蓝天,痛痛快快地唱出一句歌词:"特别的爱给特别的你……"就像狼一样,但是那嗓音很有味道,一点也不亚于原唱。

整个高中三千多学子,只有阿炳的这一嗓子最地道。歌在哪儿,阿炳就在哪儿,一点也不难找。阿炳很在乎那个女孩。但是阿炳一次也没找她,没给她纸条,没约她散步看电影。闷极了的时候,阿炳就喊:"我们为什么上学?我们为什么考大学?"然后,他拿起画板一言不发地去画室。背影与夜色一样淡漠而萧条。

阿炳朝我笑了笑。我们都没问对方的家庭。高中毕业十五年,如果不是单身主义者,家庭应该有模有样了。这是正常的,为什么要问呢?

我给阿炳点上一支烟。我们都没有问对方的工作。我大学毕业的那年是最后一年分配，算是赶上了末班车，哪能啥好事也兜着，已经不错了。

我从阿炳脸上、身上看不出他的经历，或者荣华或者窘困。我们都不想谈工作还有家庭。我是一个很会化解尴尬的人。我端起酒杯，故意不和他碰杯，自顾自喝一口。

我说："还喜欢雨中行走吗？"

阿炳羞赧地一笑。阿炳怎么老是笑而不答。这不是阿炳。我耳朵边第三次想起"特别的爱给特别的你……"优美又忧伤，祈望复祈望。

阿炳为什么突然爱上雨中散步。有一个版本是，一个雨天，阿炳和那个女孩走了个对面。那女孩看他一眼，问他："今天怎么不唱了？"阿炳晕乎乎回到宿舍，拉着我就走："陪我散步去。"那个黄昏，我们两个穿过半个小城，走到对面的山顶上。阿炳两眼直直地看着万家灯火。他没有唱歌。他的脸上湿漉漉的，他的眼睛也湿漉漉的。

阿炳从此不再唱伍思凯的那句歌。实际上他只会那一句，却落下了一个雨天散步的毛病。一到雨天，就到处找我："走，走，散步去。"他走得很快，啪啪啪，从敌人的包围圈里往外冲一样，哪里是散步，我苦不堪言。

我发现阿炳端酒杯的右手有点抖。他又笑了一下，但开口说话了:"喝多了酒骑摩托车,车祸,伤到左脑,现在恢复得差不多了。"我愣住。

走出饭馆,人有点晕。在遇到阿炳的那个十字路口分手。我拦住了一辆车。我还有一百多里路要赶。刚安顿好,手机响了。是阿炳。搞什么鬼?刚交换了手机号。

"哥。"阿炳开口叫了声,就沉默了。

阿炳说:"哥。今天我离婚了。我考了六年美术院校,没考上。小叶等了我三年。我现在很好,你放心。谢谢你没有问我的生活和工作。"小叶就是那个比我们高一级的女孩。

电话挂断了,这话说得有点乱。其实这些我全知道,小叶也知道。阿炳落榜了,阿炳又落榜了,阿炳还是落榜了,阿炳出车祸了,阿炳娶了一个农村媳妇。是我一次一次又一次告诉她的。我没有骗她,我只是实事求是地告诉她。她听了就一直哭,开始偷着哭,后来趴在我的怀里哭。一开始我想起阿炳的状况,我的心就疼,后来,我看到小叶哭,我的心也开始疼,我的手就伸向了小叶瘦弱的肩头。

小叶现在是我的妻子。她正在百里之外的那个乡镇等我。她很静,爱脸红。我很爱她。

女老师

到了下河洗澡的季节,汛期还没来,没有被水冲走的危险,老师就带我们去沂河游泳。

都还是一、二年级的孩子,没什么顾忌,男男女女,光溜溜地往河水里冲。水很清,小鱼、小虾多得是,有人撅着屁股去捉。这时候的螃蟹都多在岸边的淤泥里,你要仔细地去找,如果发现一个洞,把手伸进去,或许会掏出一个大的或者小的螃蟹,无奈地吐白沫,也有危险,就是被它夹住手指,还有更大的危险,或许有一条水蛇,正和你的小手碰个头,有人不怕,比如宋以家,咋咋呼呼地,挨个洞去掏,偶尔故意地大叫一声,把女同学吓得大声尖叫着散开去,不一会儿,又聚拢来,围着他,慢慢往前赶。

宋以家,人小装大人,有时候故意地赶她们,走,走,女的别跟着我。

很安静的男孩,就躺在浅水里,让水流缓缓地从身上淌过,或者掬一把沙,放在前胸、小腹,再缓缓躺下去,让水缓缓地冲走。更闹的，就是打水仗的，有男有女，大部分是男一伙，女一伙，一阵喊，把女同学赶得远远的，站在那儿往这看。

也有不怕老师的，几个人一商量，一齐向老师开火。老师也是一个村的，大多是同姓，学生们喊老师哥、爷的都有，那是按辈分。比如宋以前，就爱撺掇别人向老师开火，小小的孩子就知道说：老师咋了，也是人，怕他们干吗，开火。老师们都穿着短裤，个大，手掌也大，根本不在乎，几把水扇过去，他们就稀里哗啦乱窜，像一群小蝌蚪，被人指着后背，笑得喘气。

读小学时，只有一位女老师，高中毕业回来教我们，也是本村的，很漂亮，她爷是大队书记。有人说，是把另一位赶走，她才回来的。长大后得知，这种说法不对，是镇上组织了考试，按考试成绩选聘的。她似乎与其他老师格格不入，他们凑钱喝酒，她不去。到河里洗澡，有大点的孩子问：那个女宋老师不去吗？引来一阵大笑，有老师就边笑边说："你去问问她。"感觉老师们都歧视她。

长大了，再回味一下，那是嫉妒。嫉妒什么？嫉妒她高中学历。因为其他老师都是高小毕业，好点的就是读了两年初中而已。女宋老师模样俊，人很安静，静静地来，静静地去。早读的时候,也挑一副水桶,放了学,担水回家。但她挑空桶,也没有声音,如同她一样安静,不像其他的老师,水桶来回晃,吱扭扭,吱扭扭,到了教室门口一放,哐,哐,哗啦,推开门扫一眼哇哇读书的我们,回办公室了。女宋老师放水桶很轻,所以我们该说笑的说笑,该打闹的打闹,直到她脸色红红地进来,才像被蝎子蜇了一样,窜回座位。她并不生气,让我们读书,上课就要人人背诵,于是一片读书声。她自己也拿出一本书来读,来回走动。讲桌前左右走,教室前后走。一两个偷笑的,被她用书页扫一下脑袋。她人长得俊,声音也好听,我们的语文都不错。背书多,都把作文写得很长。

中午时间,我们在院子里疯,女宋老师照样要午休,趴在办公桌上睡。

下午放学,老师们都走了,很多孩子还在校园里玩。女宋老师并不走,找个树荫,安安静静地看她的书。我常常在她周围溜达。看到我,就笑一笑,说一声:"写作业"。回屋搬出她的椅子,有一个很宽大的面,给我一个小凳子,椅面当桌子,一会儿写一大张纸。那时,夕阳正红。慢慢地,黄昏就来了。

女宋老师只教了我们一年,就考走了,考上市里的师范。那一年,我已经读三年级,我听说师范毕业还会当老师。走出校门,回望一眼山尖上的夕阳,我想,她还会教我们么?

按辈分我该叫她姐,但我一直叫她老师。

马路对面是学校

二爷推开门,大黄一个狗步窜出去就不见了,这才知道,棉絮一样的雾气,堵在面前。二爷喊了一声,大黄从雾里蹦回来,又折回身去,抬起前爪,戏雾。

二爷叹一声,把雾关在门外。

屋里还暗。夜睡的臭味还弥漫着。

门外大黄叫了一声。清脆的声音回过来:"大黄,是我。"二爷听出来是孙女妮子。二爷心里暖了一下。脸前浮起一张漂亮的脸蛋。

妮子啥时候起床的?妮子的头发是湿的,眼角也有些湿。

妮子进屋喊了声爷爷,就去提尿桶。回来,开始扫地。

抬头笑了笑："爷爷，你怎么自己叠被子了？"

"妮子是初中生了，能老让你叠被子？"

"你总是我爷爷。"

"你放心，我能照顾自己。妮子，去收拾你自己的东西吧。"

"爷爷，收拾好了。铺的盖的，吃的用的，都弄好了，你别操心了。"

二爷看到妮子上衣前襟上的一块小巧的补丁，叹了口气。

妮子勤快干净。才是三岁的小姑娘，就知道早早地起床，摇摇摆摆地跑到院子里，蹲在水盆前，用小手捧了水洗脸，前襟上湿一大片也不在乎。然后纠缠着娘编辫子，娘还要喂鸡喂猪摊煎饼，就草草地应付她。妮子又摇摆到窗台那儿，踮起脚尖，拿小镜子照。似乎是不太满意，嘟着小嘴，跑邻家奶奶那儿，让奶奶编辫子。不一会儿，一脸灿烂的笑容回来，开始逗鸡鸭鹅吃早饭，一边轻声地和它们说话。

祖孙俩走到午后山梁的时候，雾气渐渐散去。一个黄色的秋天来了。妮子背着自己的铺盖，爷爷提着一包衣物，勾着腰，慢悠悠地赶路。

"妮子，前村你二舅在那学校里烧水，碰上难事就找他。"

"我不找他,有老师呢。"

"妮子,人都有为难的时候,你娘住院治病的时候,你舅不是不想借钱,他也拉扯着一大家子人,手里也没钱。"

"爷爷。"妮子哭出声来了。

妮子三岁的那年秋天,娘得了病,上吐下泻的,全是血,硬撑了一年,攥着妮子的手死了。爹跟了别人去挖煤,就不再回来,在很远的那个省找了一个寡妇,安家了。爷爷要上山放羊,春种秋收,没法照顾小妮子,就把她放在前村的舅舅家。那次,爷爷去给妮子送山梨,妮子一个人躲在过道里哭,小掌心里满是烫的泡。妮子饿急了眼,让刚从鏊子上揭下来的煎饼烫的。爷爷知道,舅妈嫌妮子麻烦,经常摔盆砸碗的。

爷爷撅着胡子哭了,抱起妮子就回家了。

从舅舅家回来的路上,爷爷告诉自己,一定要活到妮子到镇上读书的时候。现在妮子大了,爷爷舒一口气。

"昨天我托卫生室的魏大夫给你爹电话了。告诉他你在镇上读书,你常给你爹写封信,告诉他你的学习情况。"

妮子回头笑了笑:"我也给你写信。放假回来我念给你听。"

"爷爷你要每晚烫脚,我不在家,你一定嫌麻烦,烫烫脚睡得舒服，你的腰疼得差些。"妮子转过身来说，"我给你打酒了，少喝啊，一个月只准喝那一瓶。把你的钱给邻家奶奶管着，不准偷着打酒买烟丝。"

"你邻家奶奶还要我管她呢，她也老了，我也老了，谁也照顾不了谁了。"爷爷把手里的东西倒倒手，拔下插在后衣领上的旱烟袋，犹豫了一下，又插上，叹口气。

"谁管不了谁了。"

"那就谁都管谁。我知道你俩常在院子里说话，又是笑又是说的。"

"妮子，你去看你娘了？妮子？我昨天就去了，我告诉她你上中学了。"

"妮子，可是要好好上学，读高中的时候就可以坐车了，你看前村那小子多神气。"

"保准还是第一。"

爷爷嘿嘿地笑了："你逞强呢，在镇上上学可不敢逞强。遇到难处多找老师，老师总是好的。"

"妮子，可不许和镇上的男孩子胡闹。镇上的孩子心眼多，要是使坏心咋办呢？"爷爷停住了步子，对右侧的妮子说。

"谁敢。"

走过三道山梁，穿过三个村庄，一老一少到了镇上。

现在马路的对面就是学校了。

院墙并不高。男女学生进进出出,个个都笑嘻嘻的。依稀可见几排平房。有两棵大树,不知道是什么树,叶子细碎,绿油油的,没有开花。

爷爷停住步子,蹲下来,把一块手绢一次次展开来。拿出几张钞票,递到妮子手里。妮子知道爷爷没有许多钱,但她接过来了,她怕看见爷爷的眼。

现在她要走过马路,到马路对面的学校读初中了。

爷爷还要走五十里山路,回到那个小山村。

桃 子

桃子是一个乡下女孩,打小就手脚勤快。村里的叔叔婶子见了就说:"桃子长得可真好看,手脚可真勤快,跟你娘说说,给俺做闺女吧。"桃子便红了脸,贴着墙根快步跑了。

桃子八岁那年上了小学一年级,第一学期就拿回家一张奖状，评上了三好学生，没等第二学期开学，桃子有了一个弟弟。爷对桃子说："别上学了，帮你娘看弟弟吧。"桃子是一个听话的闺女，就不读书了，一门心思地哄弟弟，学着烧水、喂牲畜、做饭。桃子喜欢大眼睛的弟弟，春夏秋冬都让他趴在自己瘦弱的背上。弟弟长了能耐，用小手撕自己的头发，弄坏了自己的小发卡，桃子也不恼。不小心，弟弟磕破了手脚，不等爷娘怪罪，桃子就心疼得掉一颗一颗眼泪。桃子还给弟弟唱歌、讲故事，常常让弟弟簇起腮上的两块肉露出白白的乳牙咯咯地笑。桃子给弟弟说的最多的是："小弟弟快快长，长大当个状元郎。"

弟弟会走了。弟弟能跑了。桃子就带弟弟到地里帮忙。牵着弟弟的手去送饭，刨地、挑粪、收庄稼。婶子说："桃子找个好婆家。"桃子十一岁上跟娘学做女红。尤其擅长刺绣。院子里春上栽的月季牡丹，刚刚开出两朵羞涩的小花，桃子就学到了娘的本领。桃子手里的鸟能飞、鱼能游，让娘也觉得惊讶。上了学的女伴常找她学绣，叽叽喳喳地讲学校的老师和同学。看到背书、写作业的女伴，桃子才发现自己绣的"天长地久""相亲相爱"，都是女伴们帮忙写上的，桃子就常常让针扎了手，绣好的鞋垫上常常有一颗红红的太阳。再干农活，就摔摔打打的，开始顶撞爷娘。娘心细，迁就着委屈的桃子。爷喝了酒对桃子发火："长本事了你。"桃子就哭。

弟弟叫小宝。小宝进学堂的时候。桃子已长满了身子，透明的肌肤，碎白的牙齿，走起路来袅袅婷婷。爷娘年轻，地里的农活不用桃子帮也行。桃子便跟着建筑队干小工，推小车，拌水泥，往大工手里递砖头、石块。包工头是城里人，要桃子去陪人吃饭，桃子不去，给人撵回来，一春一夏的工钱没给。桃子还是勤快地干活，忙完春秋的农活，和婶子一块给镇里的工艺美术品厂刺绣，月初领任务月底交，质量合格，计件领钱。一年下来，桃子还没有一件次品。钱都给了娘，爷喝酒抽烟，小宝交学费，家里称盐打油，还余下。

小宝到镇上读初中的那年秋上，桃子到镇上的工艺美术品厂干了临时工，是厂里点名要的，厂里说好好干，能转成合同工，有养老保险、医疗保险，和读了大学下来的正式工一样。工资不高，给娘一点，自己还留一点，买点女孩常用的东西，买件换季节的衣服。倒是弟弟小宝老找桃子要钱，有时一个月两三次，十块八块，三十元二十元。桃子都给，每次都说："弟啊，除了买本子、笔，剩下的都买吃的，啊。"白白胖胖的小宝扬扬手，登上车子就走。

刚到厂里半年，厂办公室李秘书喜欢上了桃子。李秘书是个大学生，一毕业就坐办公室，还会写诗。原来有个大学生女朋友，分到县城里，两人就不来往了。桃子敬佩文化人，就和小李接触了几次。到桃子歇班时，小李就用摩托车载了漂亮的桃子，去县城逛公园、看电影，有一次还带桃子回家见了爹妈。桃子和小李指定成了，厂里的领导、同事都这么认为。两人却突然不来往了，是桃子提出来分手的，任凭小李怎么磨，桃子都不答应。桃子对她婶说，人家是大学生，自己没学几个字，只怕将来吃亏，受委屈。

桃子在厂里干了两年，被清退回家了。半年的工资没拿到。桃子回家的那年秋天，读初三的弟弟小宝因为拦路抢劫进了管教所。桃子听到消息，先是呆呆地坐那儿，后来撕心裂肺地哭了半天，谁也劝不住，邻居都知道桃子是心疼弟弟。桃子哭完了，连夜做了一双鞋垫，跑几百里路去看弟弟。

两只鞋垫上只有两颗鲜红的太阳，没有一个字。其实，桃子已经会写不少字了。

香椿木四方凳

手机响起来的时候，我先看了一下时间：十一点五十三分。等我揉眼睁眼适应半天，看清屏幕上显示的名字是大明时，一接通电话，我就破口大骂："神经病啊你，什么时间打电话？"大明一个劲地道歉："柱哥，实在对不起，我实在是睡不着，你过来一趟吧。"

我和大明从一个村里出来，在这个弹丸大的小县城混，已经三年了，我给一个供水点打工，负责几个小区的纯净水供应，扛着三十斤水上楼，然后是下楼，再上楼再下楼。上午，从翡翠山居117号楼下来，因为只顾着回头看一个女人的屁股，一脚踩空，自己一屁股坐在台阶上，手中的水桶应声而出，摔了一道裂缝，回到供水点，被扣二十元。晚上，泡了一碗方便面，喝了半斤白酒，正昏睡着，给大明叫醒了。

大明脑子活泛，去年买了一辆二手昌河小货车，往人烟稀少的深山里跑，专收旧家具。有时候，他也能走个狗屎运,收到一两件值钱的旧东西,赚个千儿八百。此时,面前的大明双手卡着腰,两眼通红,瞪着面前一对方木凳发呆。

"怎么了?瞎钱了?"我问他。每次他看走了眼,花了冤枉钱,都是跺脚大喊瞎钱了瞎钱了。

"没有,这对方木凳,是香椿木的,我只花了三十元,怎么着也能卖个千儿八百的。"我一听大明这话,更来气了,这不有病吗?大半夜的,把我折腾来,是故意和我显摆?

"这对方木凳至少也得有五十年了,但是,你看,严丝合缝,没有一点损伤,四只脚一点也不松动。"大明不再两手卡腰。他环抱着胳膊,一只手捏着下巴,像是自己和自己说话,又像是说给我听。

"这两只凳子,看着做工很简单,实际上做工相当讲究。"的确是,表面有点掉漆,有点发黑,倒显得其他部位的红漆还是那么鲜艳。凳子略显笨拙,却瓷实,大方,四平八稳,是很适宜乡下农家使用的家具。

"而且,是用香椿木做的,从古至今,用香椿木做凳子的很少。香椿木太硬,做家具太费时,工费要超过木头钱好几倍。"大明干了这一段时间,懂得了不少。

我点上一支烟,慢条斯理地吐烟圈,等大明自己说。

大明把目光挪到我手中,抢过烟去,抽了几口,又给我塞回来。

"我这次去的村子叫柴甘村。那个村子离这里八十公里，离他们的镇子三十多公里，十几户人家，却见不到几个人，只有几位男女老人，和咱们村差不多。"大明从床头摸出一盒烟，点上一支，咳嗽了一声。

"我准备走的时候，胡同里拐出一位老年男人，瘦弱，牙齿几乎掉没了，有近七十岁的样子。他一手提着一只方木凳问我要不要？我正因为没见到东西沮丧呢，看到那对方木凳，我眼前一亮，虽不是老货，却是旧货，花很少钱就能到手，转手就赚千儿八百。"

"这时，我听到了隔墙传来的哭声，是一位女人的哭声，期间，还夹杂着骂声，听不清她哭骂什么？那哭声很愤怒，像是失去了至爱亲人一样。我对他说只能卖二十块钱，老人犹豫了半晌，提起凳子往回走。我赶忙拉住他的手说，要给他加十元钱。果然，他放下凳子，接过三十元钱走了。我没再停留，往墙上贴了一张收旧家具的广告，就开车回来了。"

"但是，我心里一直不安，就是因为那没有见面的女人的哭声，我觉得与这两个凳子有关。"大明的眉头拧着疙瘩。

第二天中午，大明约我在他租住屋隔壁的"乡下菜"喝辣酒，我知道他还没放下那件事，就一个劲地吃喝，不说话。这时，有人给大明电话，要找他有事。不长时间，一个年轻人站在我们桌子前。他和大明握了握手，说："卖给你凳子的老人是我叔。我婶子让我找到你，让我求你把凳子还给她。"

年轻人说着，从钱夹里拿出三百元，说："来回油钱我也给你出了。我婶子一辈子不容易，这凳子是她出嫁时的嫁妆。娘家那边没人了，这对凳子是她唯一的念想了。"

我和大明都愣住了。大明先反应过来，把钱推回去。小伙子一下子攥住了大明的手腕，有点急了："这位大哥，你还有啥要求，我全答应，但凳子我一定带走。"

大明看了看我说："钱不要了，凳子你带走。"小伙子再三推让，大明一直不松口，坚决没有收小伙子的钱。

大明自己和自己说："幸亏在村里墙上留了电话了。"

"钱瞎了。"我端着酒杯碰了碰他的杯子。

"这次不是瞎了。"他很快地碰了一下我的杯子，一口喝下去。

隔一天，还是半夜，又响起大明兴奋的声音："柱哥，我又去了一趟柴甘村，我见到凳子的主人了，是一位很慈祥的老太太，我给她买了蛋糕，还有衣服。过几天，我还会去。"

放下手机，我却没有了睡意。

摸 灯

宋学利,淄博人士,生长在沂河岸边。外地人都管淄博人叫"淄博鬼子",这个称呼的意思里,至少有鬼点子多这一点。宋学利就属于鬼点子多的人。而且是从小就鬼点子多。

宋学利上面有三个姐姐,下面还有一个妹妹,一个弟弟。人多地少,地少人就穷,吃不饱饭的家庭也比比皆是。宋学利家里就经常断顿(吃了上顿,没了下顿),往上看,宋学利抢不过姐姐,往下看,有弟弟妹妹,照顾不到自己。宋学利就只有自己想办法,把自己的肚子喂饱。用他自己的话说,每天只考虑一件事,怎么弄到吃的,生的,熟的,活的,死的,都往肚子里塞。

宋学利上到小学三年级,就坚决回家了。至今,宋学利对自己幼年失学还耿耿于怀,不去学校半年了,爹娘还不知道。用他自己的话说,肚子饿得咕噜咕噜响,根本就坐不住,怎么学字?不去读书,时间多了,就有的是机会把自己的肚子填满，田野里的瓜果梨枣，山上的蚂蚱蝎子蛇兔子老鼠，河里的鱼鳖虾蟹，统统往肚子里塞。别人说不能吃的，他也给自己找一个能吃的理由，想尽办法把它吃进肚子里。

"老鼠肉酸唧唧的，不好吃。"宋学利说的时候，还龇牙咧嘴的，好像那年的老鼠肉还没有咽下去。

每年过年之前的那一两个月，还有过了年清明节前后，是最挨饿的时候。因为人口多，家里的粮食得计算着吃。加之隆冬时节，白茫茫或者黑乎乎大地那么干净，肚子里就越发空得慌。这时候，就显出宋学利鬼点子多了。年前那一段时间，宋学利基本不在家。一大早，吃上一碗黑乎乎的地瓜干子饭，挎着提篮，扛着镢头，专去田间地头。干吗？地里可没有丁点粮食，比和尚头还干净。哪里有？老鼠窝里。宋学利聪明不？找到一个老鼠洞，只管往下挖，时间不长，就有老鼠吱吱叫着，从不远处的另一个洞里窜出来。高粱、地瓜干、地瓜、玉米、豆子、豆角，是一个小粮囤。宋学利一点也不客气，扒拉扒拉，全装篮子里。家里人没有一个嫌脏的，几个姐姐也悄悄地跑野地里挖老鼠洞。一家人都小心翼翼的，生怕被别人知道。能不知道吗？村里人也开始去野地里挖老鼠洞。

宋学利带头挖老鼠洞那一年，沂河两岸的老鼠几乎绝了种。

有时候，能挖到冬眠的蛇，一家人都不敢吃，嗷嗷叫着跑开。只有宋学利两手逮着蛇头，一撕到底，剥了蛇皮，整条整条地摁到锅里煮，快到熟的时候，撒上一把盐粒，白花花的大半锅，冒着香气。宋学利一个人把头埋进锅里，一个劲地吃。直到最后，只剩下几条蛇骨，在锅里刷啦刷啦响。日子慢慢地往前挨。挨过年，宋学利又瞄准了清明节。

每年的清明节，是必须要去给祖上上坟的。清明节这一天，一个家族的后辈，总要在家族的祖坟那儿集合，一块给先人们上酒上菜压坟头纸添新土，如果有谁家的后辈不到，总会被别人指责一年。没有儿子的家庭，闺女也要从婆家赶来，代使男孩的义务，上香磕头压纸添土。最重要的一点，是要给先人们上灯。

黎明即起，去地窖里取胡萝卜、青萝卜，洗净，男主人用一把小刀，又割又雕，做出一个个精致的胡萝卜灯、青萝卜灯，中间插一根缠满棉花的灯芯，倒满豆油，备用。讲究的人家，还要割花边，从有花边的灯沿往下，还要割出类似女人腰的弧度，极漂亮。不管家里有多困难，女主人总要想办法弄一点白面，做面灯，和做馒头一样和好面，用手制成有腰有底座有花边的面灯，上锅蒸熟。等晚上上灯的时候，顺灯芯倒油。油燃尽后的面灯，是美味。尤其是在几乎见不到白面的年代。

家里门口上灯，可以用胡萝卜灯、青萝卜灯。到天黑下来的时候，家家户户都要派出一个成年人去祖坟上上灯，就必须是面灯。沂河西岸有一片坟地，是村里大户人家的祖坟。宋学利瞄准了这块坟地里的灯。黑天半夜，宋学利不敢去。第二天早起，还黑着天，宋学利就提了一个破竹篮，深一脚浅一脚，往坟地那儿跑。

到坟地那儿，天还没露亮，对面看不清人脸。宋学利连摸了几个坟前的供桌，都是空的。他就感到纳闷，老规矩定好的，给先人上的灯，是不准往回拿的。怎么会没有呢？宋学利脑子快，他立刻就知道，早有人来了，或许还没有走呢，他悄悄蹲下来，等着看个究竟。

天渐渐变成灰白，他才看清，在坟地深处，有一个一袭白衣的人，正在挨个坟前寻找。那是一个不久前死了丈夫的女人，身前大大小小四个孩子。宋学利叹了口气，悄悄地离开了。

"再怎么着，我也不能欺负女人，和寡妇抢吃的。"他和我说这些话的时候，手里把玩着一个灯，青铜的，有很好看的花边，花边以下有女人腰身一样的曲线，灯碗中央是一根灯芯，也是铜的。

起个名字叫雀儿

过　道

在鲁中山区的农村，但凡殷实的人家，都要有一个像模像样的过道，其实就是往自家院子走的通道。

宋玉正家的过道在村里就很惹眼。灰砖红瓦，白灰嵌缝，上有飞檐，檐角雕有图案。迈上三登石阶，迎面两扇黑漆大门，门框两侧一副石刻对联：龙游凤舞中天瑞，风和日朗大地春。正楷黑字，直接刻在石条上，嵌在墙体里。字出自宋玉正四弟之手。四弟是县内书画名家。

进门是六平方米左右的空间，除了出入的通道，通常是用来放农具、干柴、推车等杂物，正对的是一面影壁墙，左拐即进入宽敞的庭院。影壁墙上是一幅永远盛开的牡丹图，大写"福"字，都是书画家的手笔。来往的路人，都夸这过道盖得有气势，字画也惹眼。

宋玉正一家7口人，住三间西屋，两间小北屋。还有很宽敞的三间大北屋，宋玉正的老母亲住着，她嫁过来就住在这里面，已经五十多年了。老人头发全白，黄脸，胖身子。自己打水做饭。常见她拄着拐,一步一步挪下很高的台阶,嘴里嘟哝,对什么都不满意。儿孙对她不冷不热,经常和她大声吵。我很愿意噔噔噔跑上台阶,到她屋里玩,房间很大,很空,不过几个箱子、床和一张放碗筷的桌子,几个蒲团,坐下去很费劲,起来要用手撑地。去了,就见她一脸皱巴巴地笑,从吊在房梁上的一个小筐里,拿出瓜果栗子枣,不多,也是皱巴巴的,但是很诱人。

她说话很简洁,吃,吃,不吃迟早被那几个小狼羔子偷去。

她是说自己的几个孙子、孙女。她这样说的时候,我心里也很不舒服,因为宋玉正的小女儿菊子很俊,白生生的,我们经常一块玩,不知啥原因,菊子从不到自己奶奶的屋里来,我噔噔噔上台阶的时候,她就皱眉噘嘴地回自己屋。非得我喊她好几次,才肯出来一起到南园的树林子玩。

有一天,我和菊子回来,还没进过道,就听到老人哭喊。菊子的两个哥哥,正在进进出出地忙活,把老人的家什往外搬,菊子娘的声音很尖,很长,一只手掐在腰里,一只手指着老人骂:"你大孙子要结婚,要我们倒出三间西屋,我们住哪儿,你一个人住这么大的屋子,干啥?"两个儿子话不多,黑着脸,来回几趟,就把老人的吃穿用搬到过道里了。菊子的大嫂也很俊,菊子的大哥摔盆砸碗要住三间西屋。

好几次,我看到老人在那个六平方米的空间里,来回倒腾自己的东西。靠南支起一个土灶,堆满柴草,北边靠门一张小床。她就坐在柴草里,不停地嘟哝。她已经走不动了,枣木拐棍很吃力地支撑着她慢慢挪动,来来回回地端水,倒垃圾。早上,她坐在蒲团上很仔细地梳洗花白的头发。雨天,她就枯坐在过道里,有时候哀哀地哭一阵。冬天基本上就把自己围在被窝里,风一阵一阵地掀起她的白发。

老人吃东西很简单,几乎是白水煮地瓜干,玉米,一碗一碗地吃,她到死都很能吃。有时候,宋玉正推碾,一块就给她把地瓜干、玉米碾碎,她找点干柴草,也能吃上几顿地瓜面、玉米面掺起来的窝头。天气很好的春夏秋季,老人就挪出去,坐在最下一层的台阶上,和来来往往的村里人说话。宋玉正家的正南方是一口水井,经常有人来哐啷哐啷地放水桶,担水,见谁就和谁说话,年龄大的老人,就放下担子,过来偎在一起说话,一起咳嗽半天。年轻的忙,爱答不理地应一声,挑起担子,颤悠颤悠地走了。

南园其实就是一片大菜园,春夏秋满眼是绿色,后山住户，去南园种菜、浇水、打药，去割韭菜、拔萝卜拔葱、摘梅豆茄子，到秋天下了霜的时候，收白菜，都要从宋玉正家的门前过。老人就坐在台阶上伸手要，用自己儿子的身份喊人家他哥他叔他嫂子，给俺点菜，好几天不吃菜了。不管是谁，都笑嘻嘻地匀出一份，递到她手里，有时候攒一大堆，绿的黄的红的，圆的扁的长的，老人又现出一脸皱巴巴的笑容。

宋玉正见了就吼他，白净的脸上一阵阵红："不嫌丢人你。"

"俺怎么丢人了，俺怎么丢人了。"老人挺起上身，口齿清楚。

"你不是我亲生的，也是我拉扯大的，也是我给你找的媳妇。我怎么丢人了。"宋玉正是她过房来养老的儿子。宋玉正一边数落，一边挑着一担尿，去南园浇菜。

老人在过道里又活了十几年，胖鼓鼓的身子，瘦成一把干柴，才在一个大雪的夜晚死去。那时候，我已经在镇上读书了，菊子也在镇上读书，我们不一个学校。

参加工作后，回老家去看了一次。宋玉正的过道还是那个样子，看不出多大变化，气势小了，那对联的字迹不那么黑了，直看进去，影壁墙上的牡丹差了颜色，福字倒还醒目。我呆看着的时候，一个人从门后挪出来，却是菊子的娘。她现在就住在过道里。二嫂，我喊了一声。按庄亲，我喊她二嫂。她的脸黑瘦，看不出笑，应了一声。

一个穿着牛仔裤的女人走出来，斜她一眼，哼了一声。这不是菊子的大嫂，菊子的大嫂比她俊，而且也是中年了。

我很想问问：菊子嫁到哪里去了？她有没有三间大北屋住着？觉得没意思，没问。

偷　杏

村子周围几座山，半圆状相连。

向西过了沂河，虎山和凤凰山之间有条沟，叫柴干沟，水很清，有鱼，也有螃蟹，阴历八九月相交时节，螃蟹最多。顺沟而上，去四五里，有一个村落，十几户人家，叫柴干村，很别扭的名字。但是我们都愿意来。为什么？有杏树。沂河两岸一十三村，只有这个村子的杏树最多，家家户户有，在集市上见到的一筐一筐的黄杏、红杏，圆的、扁的，都是这个村子的。

桃三杏四梨五，说的是桃树杏树梨树长大坐果的年龄。五月红六月黄，说的是摘杏的月份。五月红，红透在五月中旬，个头中等，满树挨挨挤挤，红着脸，像叽叽喳喳的孩子。六月麦黄，正在忙麦收的时候，黄透的是麦黄杏，很软，个大。杏子熟了的那段时间，搅得我们上树爬墙。

偷杏总得有个好理由，几个小伙子，突然出现在大忙季节的山路上，大摇大摆地晃荡，一看就知道是奔杏去的，人家早早就把狗牵到杏树底下了。我们不怕狗，是怕它不住声地叫。

逮蝎子是我们最好的理由，过了初夏，到了杏熟的时候，我们的活动就频繁多了。大人不拦，我们也不嫌累。几座山转下来，到了中午，每个人的瓶子里总有几十只大蝎子。那时，带的煎饼当零嘴吃了，累饿，更渴得难耐。我们的落脚点总在柴干村东面的凤凰山半腰，每人找一块大石头坐下来，眼巴巴地看着山下房前屋后一团一团的红黄，不住地咽唾沫，不住地拿眼看带头出来的三哥。

三哥大我们一半，十七八岁，个头高，大手大脚，粗壮。看着山下，很果断地一挥手，下山。我们几个很像冲向陷进包围圈里的鬼子。下山得速度很快。

挨近村子，我们就成了鬼子兵了。不敢进院子，不敢大声说话，只敢打手势。杏树多了去了，院子外面一棵挨一棵全是杏树。各自找一棵中意的，鞋脱了，装蝎子的瓶子放进鞋里。三哥三把两把爬上一棵，早早扔下几个杏核。我们就猴一样上树，撅着尾巴往上爬。一个不会爬树的，看人，蹲在院墙跟前看着，有人出来就喊。先吃，吃饱肚子的过程很快，再把上衣兜裤兜也装满了。树下铺一层杏核。下树的时候有些困难，怕挤了兜里的杏子。正撅起腚来，寻思着下树的时候，下面一声脆喊射上来。

是一个姑娘，白，手白，脸白；俊，脸俊，身子也俊。

三哥说，下，下到一半，又都上去了。每棵树根周围铺满了荆棘，恰好铺到我们跳不到的地方。

这小姑娘够狠的。三哥嘟哝一声，重又爬上去，坐到一个树杈上，摘几片叶子当扇子。他已经吃饱了。

把荆棘拿开，三哥朝下喊。

下面不应声。小姑娘看也不看，抱着胳膊蹲树荫去了。

三哥摘一个杏，不吃，左看看，右看看，嗖扔到地上。姑娘蹭一下站起来，不愿意了：吃够了还糟蹋？

"拿开荆棘我们下去。"三哥斜着眼。

"想都别想。"三哥又扔。一个，一个，熟透的杏子扔到地上就瘪了。那个姑娘瞪着三哥，干生气，没办法，又心疼杏子，就拿袖子抹眼泪。我们都不忍，三哥还是一个一个地往下扔。

"妮啊,和谁吵吵。"出来一个老奶奶,颤颤巍巍的,瘪着嘴。

"吃几个杏,你看看你。他们家没有。"老奶奶怪那姑娘,又使劲扬起头对着我们:"都下来,都下来,妮啊,拿开拿开,把荆棘拿开。"她用手中的木棍挑开荆棘。

那姑娘一转身走了,气鼓鼓的。

"再来吃杏啊,到家里去,小不点的人,爬树吓人。"老奶奶也回院里了。

不会爬树的就是我。院子里出来人我根本不知道,正看着三哥他们使劲咽唾沫呢,那妮子闪出来,一把就把我摁住了,扬着手,冲我瞪眼,不让我说话。我就傻了。她太俊了,再说手掌上有老茧,那滋味我知道。

三哥站在树下愣了一会儿说,把蝎子给人家留下。我们不愿意。三哥留下自己的瓶子,扭头上山。"你去问问宋丽华她叫什么名。"爬到山顶,坐到一块石头上,三哥小声和我说。宋丽华和我一个班,读二年级,就是这个村的。我瞪着眼看了他好几秒钟。

三哥当兵回来时,变得腼腆了很多,不再那么咋咋呼呼的。家里院里院外、果园里也有了杏树。让他吃,三哥就吃,还说我在部队上也吃过。我们却懒得吃了。我们都到镇上读初中了。

三哥把三嫂娶进门的时候，我一眼就认出来了，就是那个叫刘英的又白又俊的妮子。我们只有傻笑的份了。那天晚上，我们听见三哥对妮子说："要不是你一封信一封信的，我还不想复员呢。"妮子说："你是想吃杏吧。"

"三嫂，我们也想吃杏。"我们一起喊。屋里一声脆喊射出来："滚。"

这时候，那位老奶奶已经去世了。

红太阳

在四千多口人的月庄村，宋玉成不算是一个能人，能人各有能处，开油坊的宋传国，弹棉花的宋恒运，理发的周世鱼，还有石匠，木匠，各有千秋，独领风骚，人前人后，没有不提起的，也没有随便就挂在嘴上的，说起来，都是一脸的恭敬。

宋玉成就普通了。五短身材，弱不禁风，撅着几根胡子，干得是老实本分的农活，一年四季，春播秋收，一刻不停。

宋玉成和老婆养了一儿一女，宋玉成的一儿一女，相差两岁，皆娇憨可爱，不像是农村落生的娃。在泥地里滚一天，一回到家，宋玉成眼里看不到俩娃，就街前街后地喊，直到把俩娃搂到怀里。儿子生在前，到了上学的年龄，就送到学校去。两年后，女儿也要读小学了，老婆有点不愿意，想让女儿在家帮着烧水扫地，宋玉成一跳多高，第一次指着老婆的鼻子骂："你养了几个孩子？还有多少活让孩子干？"老婆个子矮，却不示弱，把一盆子煎饼糊子摔地下，抹一把鼻涕摔宋玉成脸上："我养娃少？你不和我生？我咋办？"

女儿也上学了。哥哥领着妹妹，一路上学，从村里读到镇上，从镇上读完，儿子又读了高中，去了县城。女儿读完初中，一下子考上市里的师范，又三年，分到县城一个小学。他哥哥也离了县城，去了兰州读大学。那是上世纪九十年代初。这一下，真正出名露脸的是谁？宋玉成的发小们，有石匠有木匠有走乡串户的小贩，也有在工厂按时上下班的工人，虽也拖儿带女，经济上都比宋玉成宽裕，可一双儿女都考上大学的，宋玉成是独一份。一村老少开始注意宋玉成，把他的前半生拿出来一点一点地掰开研究。

这一来才知道，宋玉成也是有故事的人。宋玉成去过越南。参加了对越自卫反击战。宋玉成在越南待了三个月，也没有什么故事，但是大家都知道他救了一只包。宋玉成所在的班在一次渡河时，遭到炮击，班长的小黄包被水冲走。上岸后清点人数，才发现宋玉成没跟上来。这时，班长的包在河里一动一动地向岸上"游"来。不大会游，宋玉成露出个小脑袋，脸给憋得黑紫。班长上去就是一脚："包值几个钱？"宋玉成说："你整天背着，我就知道重要，里面有图纸、作战计划啥的，我怕弄湿了。"从河边到山顶，十几里路，班长笑了一路："我还有作战计划？"班长的包里只有一条破毛巾，一只碰扁的搪瓷缸子。从此不让宋玉成离他左右。

因为当过兵，复员回村后，入了党，当上了小队长。宋玉成的小个子，经常在村里的大街小巷穿梭。也就是这个党员身份，和他后来一个惊天动地的举动，让宋玉成有了一个响亮的名字：红太阳。

女儿读了小学的那个秋天，宋玉成两口子把该收的地瓜谷子芝麻，都收回家，该晒的晒，该囤的囤。待他准备着和老婆再生一个娃时，政策下来了。"一个太少，两个正好，三个多了。"宋玉成已经有两个孩子，显然在政策允许的范围之外。宋玉成犹豫了，和老婆生孩子这事，要的是激情。宋玉成想来想去，想前想后，就把自己想的一点劲头也没有了,把他老婆恨得在被窝里一个劲掐他。老婆是想再生一个孩子。人家的老婆都一个接一个地生,她也不是不行,再生一个两个,她都不怕疼也不怕苦累。老婆的话都说到这份上了,宋玉成还是犹豫试探。一次,两口子措施不到位,一不小心还是怀上了。村里好几个怀孕的女人都跑了,没跑的,都给拉到镇卫生院一刀给结扎了。

宋玉成的老婆也跑了。镇计生办的人刚到宋玉成家,宋玉成就说了一句话:"我知道在哪里,我带你们去。"就这么的,把自己老婆拉卫生院去结扎了。这一下,老婆一年没有和他说话。宋玉成在做老婆思想工作时说:"我是党员,得做个红太阳,听政策的。"红太阳这名字就给叫遍了全镇。外村来月庄村赶集的,都问本村的亲友,你们村那个"红太阳"有病吧?

这就是老婆恨宋玉成,时不时拿话损宋玉成的原因了。

后来,宋玉成年龄大了,就不再干重活了。偶尔,提上一桶花生油,去园里弄点豆角韭菜黄瓜,骑电动车载上老太婆,去县城女儿家看看。

儿子在省城,远。日子就在挂念中慢慢地过着。

理　发

读小学的时候，最爱扎堆看热闹。

百十号人的学校，总有学生能带给我们快乐，哪怕他是高年级的学生，比我们要高壮得多，这时候，我们也可以夹杂在大伙中间，和大伙一样哈哈大笑，得意忘形的时候，还可以拿手指着他大叫几声。

这时候，我们可以放肆大笑的原因是，有老师在，而且是老师在拿他们开玩笑，让我们大伙看着玩。一到五年级，五六个老师，也都围在那儿，都手插裤兜或者环抱着胳膊哈哈大笑。

这在往常，是几乎不可能的事。平时，在校园里遇到高年级学生，甭说是笑，就是多看他们一眼，也会被一巴掌打在脸上，给打得眼冒金星，或者给摔在地上，也不敢和老师说，只好自己哭一会儿爬起来去上课。

比如五年级那个外号叫老虎的，长得矮矮壮壮，一脸恶相，平日里总想找个人揍揍。见了女孩子，就嬉皮笑脸地凑上去，扯扯拽拽，像镇上穿花格子上衣喇叭裤的青皮小子，偏偏他爷不是镇上干部，没有闲钱买花格子上衣喇叭裤，只好将就着，把夹衣上面的两个纽扣扯去，故意露着半截子脏胸膛，装出凶神恶煞的样子来，专门吓唬低年级孩子。

我们都盼着有个人能一巴掌把老虎打倒在地。但，谁敢呢？

偏偏就有人敢。谁？是老虎的老师，叫王怀英，是外乡调来的一个女老师，有高年级同学说，王怀英的丈夫是军人，长年不回家，王老师和她原来学校的一个男老师住在一起了，被校工看见了，于是那个男老师被开除，王怀英就到了离家几十里的沂河边来教学。后来我们知道，上面这些话就是老虎说的，老虎对低年级的孩子们说过，他觉得不过瘾，他干脆在校园里截住了教一年级的宋尚国老师，就在那棵巨大的梧桐树下，把王怀英老师的事，一五一十全倒给了宋老师。于是，巴掌大的校园被老虎的嗓门震得一动一动的。有人说，王怀英老师的眼珠子本来就大，她听到老虎的咋呼后，那眼珠子几乎就吊在眼眶子上了。

那几天，学校的百十号人，没有一个人的心在课堂上，即使因为开小差被老师揪耳朵站起来，还是斜眼瞅着五年级的教室,希望看到老虎被王怀英老师一脚踹出来,最好是用那双走起来咯噔咯噔响的尖后跟皮鞋,最好是尖后跟正好踢在老虎的腚眼上,我们的心都激动地怦怦怦乱跳,下了课,每个人都像小兽一样在校园里嗷嗷叫。

老虎大概也知道风雨欲来,无暇顾及我们的兴奋,只是一个劲地攥着拳头,好像是要和王怀英老师一决高下。这样,我们就更兴奋了。

我们一般是一天上五节课。早上要上早自习,早早地到学校,哇哇地读半小时书,就放学回家吃早饭。然后中午两节课,回家吃午饭,下午再上两节课,一天就算完事。学校里也没有打铃的,原来有一个,瘸着一条腿,是村书记的兄弟,不知啥原因不干了,那个乌黑乌黑的铁铃就一直挂在那儿,风一吹就晃来晃去,要掉下来的样子。老师们上课很自由,几点上课,几点下课,每个班的老师自己说了算。那几天,我们像一群游击队员,在校园的各个角落,瞪着眼看老虎的下场。

机会终于来了。

那个叫宋尚国的老师很是手巧,他会理发,经常用课下的时间给我们理发,一个挨一个,坐在矮凳上,伸着脑袋,偶尔抬头看看周围捂着嘴笑的孩子,又被一下子摁下去,接着凉丝丝的剃头推子,痒痒地贴头皮推上来,不大会功夫，理得短短的，平平的，羞红脸跑到一边，又去看着别的孩子给摁着脑袋理发，一个个笑得哈哈的。

所有的孩子都看见，宋老师给一个孩子理完后，王怀英老师去了他的剃头推子，对着老虎招招手，让他坐到矮凳上。老虎倒没了恶相，手抓着一头乱蓬蓬的头发，扭捏了好久，才满脸大汗地坐下。两秒钟后，王怀英老师说："五年级上课。"于是，围观的所有老师和孩子，几乎把肚子里的东西笑出来。

漂亮好身材的王怀英老师，在老虎的脑袋上推了两下，在老虎圆乎乎的脑袋上，打了一个大大的"X"，然后就挥手上课了。那一天，整个校园的花草树木都随着老师和孩子的笑声跳舞。

老虎头顶着一个"X"，还是那么耀武扬威，见了低年级孩子反而更恶了，那个"X"好像是王怀英老师给他的一个莫大的荣誉。

就在那天晚上，王怀英老师吊死在她那间小屋里。

第二天，老师们给王怀英老师盖上床单的时候，老虎抱着圆乎乎的脑袋，使劲往梧桐树上撞，谁也拉不动他，也拖不走他。很黏稠的血从那个清晰的"X"里汹涌地淌下来，一直淌到他袒露着的脏胸膛上。

表 情

几年的时间过去了,有一位老人,一直在我的脑海里,尤其是他羞涩的、尴尬的表情,老在眼前晃悠,且挥之不去。

那个老人常在大院里出现,隔三岔五的,骑一辆掉漆的三轮自行车,慢慢悠悠地往前骑行,东看看,西看看。他是在寻找垃圾,废弃的酒瓶、塑料袋或者是废纸。更多的时候是一只手扶车把,一只手扶后面的车斗,慢慢地往前走。他只在院子里转悠,从不到办公室走廊里来。

通常车斗里的东西不多,却杂乱。废纸、破塑料桶、酒瓶,丢弃的拖把、一把没有了底的水壶。有个夏日午后,很闷热,我从宿舍出来。看到老人坐在前面樱花树下,黑红的脸上没有表情,目光平视着前方,拇指和食指捏着一块干煎饼,慢慢地嚼咽。面前地上是一个矿泉水瓶子,我知道那是从旁边水管上接的自来水。矿泉水瓶是别人丢掉的。

他旁边是那辆三轮车，相依为命似的，他的背靠在车帮上。车斗里只有几个啤酒瓶。

看到我走过来，他笑了笑，黑红的脸略显讨好的意思，还有些羞涩。

"到上班时间了？"他的目光迎着我问了一句。弯曲粗硬的手指，拿起瓶子，喝一口水，用手掌擦一把嘴上的碎屑，用指甲往下顺一下乱糟糟的胡子。

我"嗯"了一声，笔直着身子，走过去了。

拐过墙角，回头看看依然蜷坐的老人，心里很过意不去。其实，我很想停下脚步，席地而坐，和这位老人，如我父亲一样的老人，面对面地好好说说话。我很久没见到父亲了。

但我没有，我走过去了，在老人友善的问候中，只是匆匆地答应一声。因为，我的很多同事都起午休了，和我一样油头粉面地去办公室吹风扇。

我一直挂念那位老人，想念他的慈眉和善目，还有那一瞬间的羞涩。

那个下午，出发回来，却意外地发现，老人坐在我宿舍前的台阶上。看到我过来，慌慌地起身，对我笑一笑。我忙说没事没事，打开门，请他进去。老人拼命摆手。

"哪能呢，哪能呢，脏了您的地儿。"老人一脸的惶恐，还是连连摆手。

实在没法。我把老人的矿泉水瓶子灌满凉茶。拿个马扎请他坐,他却不坐,依旧坐在地上。

我拿出一支香烟,递过去,老人赶忙把手里的瓶子放下,从腋下的衣服上使劲擦几把手,双手接过来。点燃了,我看到烟头亮了好一会儿,香烟下去一截,却没见一丝烟从嘴里或者鼻孔里出来。好一会儿,才对我笑笑:"劲头小。"又大声笑笑,脸上是孩童一般羞涩的笑容。

"干不动了。"老人捶捶自己的腰,捏捏胳膊。然后久久地望着前面的一座山,不再说话。

听到我的问话。老人看我一眼说:"儿女倒不少,嫁人的嫁人,打工的打工,最小的一个是儿子,也和你一样干机关。他们也难。"

我再给他添满水,他连连摆手,却站起来要走。

"您歇着,累了一天了。"老人客气一声,推车就走。趁他不备,我把门后桌上一瓶好酒、半盒烟,放到他车斗里。

以后老人见到我,不再拘束,像见到自己的儿子,笑得极爽朗,我也极自然地和他打招呼,喊一声大爷。

一次的意外,却赶走了我们之间的融洽,从那之后,他再也没到大院里来。

那是个中午,在单位食堂小院里,陪上边来检查的领导吃饭,出来方便的空,我看到了那位老人,他蹲在垃圾池边。食堂里的垃圾就倒在那儿。

我看到老人用一个树枝,挑挑拣拣,夹起杏子大小的一块肥肉,慢慢地放进嘴里,慢慢地咀嚼着,脸上现出满足的微笑。一瞬间,我愣住了,胸中似有波涛不停地涌动,泪水瞬间模糊了我的眼。

老人不经意地回头,看到呆立的我,一脸的尴尬,搓着手站起来,显得局促不安。片刻,龇牙对我笑了笑,但我看不出他的脸上有笑容。

"香,那么长时间不吃了。"说完,不再看我,低下头,推车走了,一只手扶车把,一只手扶车斗。车里是几只破纸箱,一把杂草。我看着老人的身影,慢慢地拐过墙角。

从此,再也没有见到老人到大院来。只是偶尔在外面的路上看到他,还是一只手扶车把,一只手扶后面的车斗,慢慢地往前走,眼睛四处张望着,搜寻着废纸或者空塑料瓶。

其实很希望再看到他,和他面对面地坐在台阶上,随意地说说话,抽支烟,喝点白开水。

起个名字叫雀儿

到海里撒泡尿

在博沂市,我和房知行成为朋友,很不正常。

房知行,五十开外,市内名人。谈不露齿,笑不起褶。却是敢和市委市府头脑大声说话的人。建筑业、服务业、投资、物流,诸如此类,赚钱的领域,无一不涉足,无一不赚钱。再来说说我,晚报副主编,主业就是拍马屁兼顾揭短亮丑,开业的,结婚的,死人的,离婚的,上市的,破产的,只要是名人的事,无论公私,均可见报。利国利民的,就拍拍马屁,臭名昭著的,就用笔讨伐。尤其是,业余我写点小说,在圈子里小有文名,也就学了古代文人的不少陋习,包括对有钱的、当官的,缺乏起码的尊重,见了大人物,缺少应有的诚惶诚恐的表情,该死的嘴角,经常不自觉地往上翘,撑不住的眼皮老往下耷拉。

这么一来,好像是,介绍我的比较多了。

第一次见面,轮到他和我握手时,我说:"老房,幸会。"他深看了我一眼，然后一笑，脸上略略起了褶，说："古往今来文人死在嘴上的不在少数。"闻听此言，我摇了一下他的手，松开后说："古往今来的霸主，多被自己的手足杀死。"此话一落地，围在他身边老少胖瘦的几个，都一起大眼小眼狠瞪我，好像是我恶意侵犯了他们的爷老子。我只不过是作为记者来参加开业典礼，放完炮，喝完酒，拍腚走人，我管你是谁。

没料到，大概一个月后，我接到房知行一个电话，应邀来到大行集团总部。和电影里看到的室内场景一样，阔大的董事长办公室，我和房知行在这个房间里，像两只小老鼠，说话之余，还要到处找对方在哪个角落。

我和房知行各举着一个大肚子高脚杯，喝外国的一种红酒，几滴进口，就知道度数不低。我就说："老房，在电影里老是看到你们有钱人，在办公室，到家里，放下手里东西，就拿酒瓶酒杯，倒上一点，一饮而尽，潇洒归潇洒，老这么喝，胃里好受吗？"

老房一笑，没有起褶："消愁啊，酒进喉咙，到胃里，一直火辣辣的。"

老半天，又来一句："可以让人略微清醒一点。捋一捋在外面说的话，做的事。"

顿了一顿，又来一句："说的做的不合适的，再拿出时间和金钱来弥补。"房知行这么一说，我顿觉身后一凉。老房不肯让人看出他的喜怒哀乐，似是有意所为。

"你喊我一声老房，我就知道你他妈的是个文人，文人都有这种不知死活的毛病。"我尴尬一笑，回他一句："他妈的，你竟然说脏话。"

这次，房知行放下杯子，开怀大笑。

"唉，文人不知江湖为何物，用嘴和笔肆意而为，自己云里雾里，却不知祸端四起，只有让人背后下刀子。"老房面对着墙上一个女人，慢悠悠地说。油画上，女人一张阔大的脸盘。

我只能踮起脚尖踩地上的一小块黄色光晕。

"在这个中等城市，我的资产超过一百个亿，可是我盖脚下的这座楼，却欠下了十亿，没办法，只能靠贷款。"老房回转身看住我，嘴角一咧，是笑，却像雕刻在石头上的笑。

"我看过你的小小说，写得真好。"怎么谈到小说上了？其实，自从一进这个阔大的办公室，我就不知道他的意图。

"我也写过，有一年河南的《百花园》杂志以星座的方式给我发过两篇，当年还邀请我参加笔会。"我这才注意到他老板桌右侧书橱中，有一排《百花园》杂志，半露封面，很是鲜艳。

"如果那一次去了《百花园》的笔会,我也许就一直是宣传部的一个什么科长,业余写点小说。"他抽出一本《百花园》,哗哗一翻,又插回去。

"不过,也许那才是最快乐的生活。我现在是这个城市的一只巨大的八脚蜘蛛,脚站在一座座高楼上,傲视这座城市。不知疲倦地织网,却不知,慢慢被自己编织的网罩住。"他看了我一眼,没再说话。

隔了几日,房知行忽然又来电话,先问我这几天有啥事,得知我歇假,声音就兴奋了起来。问我能不能抽两天时间,随他出去一趟,去海边。

立秋刚过,早晚风见凉。但去海边,依然是个好主意。

房知行驾车,牛高马大的一辆车。老房在操作台上点了几下,"哼"的一声,车已跑出去几米。

一斤八带,两只螃蟹,三斤爬虾,四斤海螺,全都白煮,一盘蒜泥,一盘油泼辣子,一瓶汾酒。"吃海鲜,喝高度白酒。此生足矣。"房知行一声叹息。各自斟饮,各自剥食。各自去看海浪,看海鸥,去看海里大笑的女人。回头端酒盅,"吱"一声进喉咙。

海水到腰。房知行闭目而立。五六分钟,睁开眼哈哈大笑。随即对我说:"在海里撒泡尿,真是舒坦啊。"

我说:"你笑起来,也是满脸的皱纹。"老房又说:"回去我也写篇小小说,题目就叫到海里撒泡尿。"

廓尔喀刀

张里在深圳混了五年,回到了月庄镇。

和张里一块去深圳的,还有李兵。张里直接带回了李兵的骨灰盒。

李兵初中毕业后,在县技校学了厨师,却闻不了厨房的油烟味,就一直在家闲着。李兵的爹在村里干会计,稍微一活动,就在自家的地基上盖了两间房子,开起了小卖店,专卖学生用品和零食。

张里是读初三那年,和李兵认识的。那天下午放学,张里想顺走李兵店里的一盘象棋,被李兵发现,揍得有点狠,李兵一晚上没睡踏实。第二天中午,张里没事人一样又来店里买方便面。他俩就成了朋友。俩人抓着花生米,喝着二锅头,合计了一晚上。第二天坐客车到淄博,由淄博转火车，一路哐哐当当去了深圳。

帮着李家安葬了李兵之后，张里把原来开小卖店的两间房，改造了一下，开饭店。一间做大厅，两边靠墙摆两张一米桌，靠南是一个小吧台，摆烟摆酒兼做收银台。另一间在中间隔开，开上门，做了两个小包间。院子里新盖一小间，做厨房。

小店有个名字：舌尖留香。张里掌勺的菜咋样？全镇无二。

除了店外的黑底金字招牌，店里墙上的营业执照，在小吧台右上方，还斜挂了一把弯刀，像半个大括号贴在墙上，极为刺眼。店面干净家常，来店里吃饭的人，也都格外注意分寸，贩夫走卒者流，居然能比较安静地喝酒吃饭。

有一个人例外，叫周刚，县城西边高庄村人氏。到店里就咋呼，菜酒烟，朝最贵的伸指头，吃完喝完抹嘴就走。张里从不为吃喝与他计较，也不记账，也不许李家人提这事。张里说："店虽不大，但养得起个把人，何况周刚不是外人。"周刚是谁？李兵姐姐李伟的男友，已经定了亲，八月十五，年后初二，都是提着几个礼盒来拜年，眼瞅着得办喜宴了。

周刚在县城商业街有个店面，卖水电暖器材，这是个季节活。一年有九个月是闲着的。周刚赌博，又没钱，死皮赖脸地在赌桌上混。李伟的工资也都扔在赌桌上。有一次，周刚居然跑到商厦里，抓李伟收银台里的钱，保安知道是李伟的男友，也没法下手管。

李伟不敢和周刚分手。李家没有谁敢管这个准女婿。

李伟对张里说："弟，你给我想个办法吧，我没法在商厦干了。"

张里把手里的杯子转了一个圈，一口喝净。转到李伟爹住的屋子前，抽了一阵子烟，长叹了一声，又回到店里。他倒上一杯酒，看李伟收拾碗筷桌椅。李伟有让男人动心的腰身。

张里干咳一声，说："要不你回店里，管账目，也是你熟手的。"李伟说："那周刚不整天来闹腾？"隔一日，张里提了一包干海参一只风干鸡一只烤鸭，去了村书记家一趟，回来说："去幼儿园，他不敢去学校闹。"

李伟不大情愿再回镇上。她觉得县城里吃穿用都方便，拿不定主意。张里也不催她。有一天回家，抹着眼泪对张里说："弟，明天去幼儿园。"李伟的手腕上有淤血。

李伟就到幼儿园哄孩子了。下了班，她在店里帮着忙，经常忙得团团转。

周刚在县城的新城宾馆，请他的赌友喝了一顿酒。黄昏的时候，开着一辆吉普车，停在"舌尖留香"店前。还有三个人下了车，一个光着头，一个刺着鹰，一个一只眼。

一伙四人，赶走了店里的两桌子客人，拼了两张桌子，上下左右各坐一人，点菜抽烟喝酒。三瓶鲁源高度酒，四荤四素八个菜，只一会儿，就瓶净盘光。

吃完喝完，周刚拿出了一把砍刀，把菜盘子哗啦一推，放在桌子上，说："兄弟，我欠了他们仨人三万块，今天来找你借点。"张里把手里的杯子转了一个圈，一口喝净，从抽屉里拿出一摞钱，隔着两米多，往周刚面前的盘子里扔了三次，剩下的扔回抽屉里。他转身又从墙上摘下小弯刀，慢慢走过去，抽刀一插，把周刚的砍刀钉在了桌子上。

"给你一分钟，在自己脸上划条直线，三万块拿走。"张里微笑着说，脸上的疤像紫红蚯蚓卧着。

周刚火了。光头扫了一眼刀，扯着周刚连忙上车跑了。

路上，光头点着周刚的额头说："你眼瞎啊，那小子脸上的疤是一条完整的疤，自始至终一样粗，左颧骨和右颧骨上疤的高度一致，是有人用匕首慢慢慢慢在脸上割的，吧台上边那把刀，叫廓尔喀刀，用这种刀的人，自己的命已经不是事了。差点被你害了，娘的。"

张里和李伟结了婚。李伟想到店里来，不去幼儿园了，张里不同意。张里说幼儿园不累也干净。饭店就是个垃圾站，啥样的人都来。

又找了一个女孩子管账。脸蛋腰身一点也不比李伟差。忙前忙后的，嘴甜腿脚勤快。

龙　堂

一年前，退下来的老黄，和几个自行车骑行爱好者，来过龙堂村一次。那次，老黄他们的目的不是龙堂村，他们是为了那条通往龙堂村的盘山路来的。来前的那天夜里，他们在"夜未央"喝咖啡，老黄还开玩笑说，看谁能一气骑上那三十里盘山路。

实际上，他们是一路推车上来的。而且，个个狼狈不堪。一路上来，自行车屁股上捆绑的吃喝，几近于无。

那一次，回到张店城后，老黄几宿没有睡好，烙饼一样想自己的事，一个千人大厂的副厂长，一张纸，就给内退回家了。再就是想龙堂村，那么安静的一个千年古村，只落下十几个病弱老人，那些识破岁月的混沌目光，那些明净的石板路，破败了的院落，长了两千年的国槐，都让他觉得，只有在八百米高处的龙堂村，才会让自己的心静下来。

现在，老黄就坐在龙堂村的一个小院里。小院坐落在最高处。一眼下去，多见没有了头顶的房子，落光了叶子的梧桐树、槐树。龙堂村异于别处，房屋散落在陡峭的斜坡上，如果是枝繁叶茂的春夏秋，外人很难发现这个村子。房屋都窄小却高，这一点让老黄不太理解。每家必有的佛龛，在别的村子更是少见。一天下来，几乎不闻人声狗叫鸡鸣。老黄觉得安静得离谱，有点瘆。

好在老黄有邻居，是一对老年夫妻，男的姓刘，村里的老姓，明洪武年间从河北迁来的后人。妻子姓林，西厢村的，再往西的一个村子。一双儿女，儿子在张店热电厂，女儿在龙泉镇上开一个小裁缝店。儿子女儿都有了家庭，就回来得少。一年到头，比较固定的是两个生日和中秋节、春节。其他时间基本不回龙堂村。儿子那年上完技校，去张店热电厂上班，走时骂了一句："操你大爷的龙堂。"他是对自己在八百米高的石板路上长大生气的。

"操你大爷的。"老刘回了他儿子一句。同时对着满山槐树，笑得山呼海啸。

妻子老林整日笑嘻嘻的。老黄初到，行李还在手上，她就从窗台上捏下一个柿子，在自己掌心里一抹，往老黄嘴上递:"空房子多了去了,你别问是谁家的,相中哪一家,我去给你收拾一下。"老黄摆手:"不敢吃,我血糖高。"

第一晚,老黄就在刘家吃晚饭。一盆杂面汤,一盘炒鸡蛋,一个凉拌荠菜,一个煎咸鱼段,一盘博山酥锅。酒是文姜酒。老辣。老黄的到来,让老刘和妻子很兴奋,一个劲地说说说,说山下的儿女,说刘氏祖宗来博山的件件往事。老黄插不上嘴。老刘胡子拉碴,脸长,鼻头高耸,酒喝得很凶。说话前,总要把蒲扇一样的大手,竖起来,往别人面前一伸,那意思是:打住,你听我说。酒喝到最后,老黄终于见缝插针,把自己的事抖落了个干净。老刘说:"你这人死心眼,啥大不了的,甭管咋着,你还有工资不是?"期间,老刘和老黄出去一次,站在院子南墙边哗哗哗撒尿,酒喝了不老少,老刘的头脑和嗅觉还清醒着:"老黄,你得看开点啊,内火伤身。"

老黄一时没懂,抖擞着尿滴,哆嗦了一下。赶忙问:"怎么了?"老刘先是哈哈一笑:"你闻闻你撒的尿,那么臭,比大便还臭。你心里有火气,心气不顺。"

接着又说:"你看看你,刚过五十岁,撒个尿,前边等了十分钟尿不出来,后边晃了十分钟了,还没尿干净。"

老黄尴尬一笑。回到屋里,老刘张开大手,抓起一个馒头，塞进老黄手里，朗声说："吃。吃足了，睡一觉。明天早上，我领你爬爬凤凰顶，喊几声，洗洗你的肝肺。"老黄迟疑了一下，接过馒头来，却不往嘴里送。

老刘一顿，哑然一笑，朝着妻子说："你给他拿馒头，你拿，他这是嫌我撒了尿，没洗手。"把头往老黄这边一歪，说："你没看着，我撒尿时没有用手拿着？你看看你，年龄比我小不老少，撒个尿，手拿把掐的，忙得跟驾辕耕地一样。"

往常，在副厂长的位子上，在高档的酒店一喝，回家就睡得死死的，第二天早上醒来，头昏脑胀，好像得了一场大病。这一晚，和龙堂村的老刘喝了个小辫朝天，回到睡觉的屋里，好像是还给老伴打了电话，说了很多知冷知热的话。然后一觉天明，居然是神清气爽。

正站着看那雾，压着树枝、屋顶，一点点往前挪。背后传来老刘的长啸："噢，噢，噢……操你大爷的。"老刘左手一只水桶，是山泉水，右手一只野兔，一卜子从雾气里钻出来。"昨晚出去下的套子，你老黄碰上这一口，我也沾光了。"老刘迈着大步子，夸父一样朝他奔过来。

老黄住了十来天，临走的时候，还像小孩子一样流了泪，是因为老刘的妻子老林说了一句话。老林攥着老黄的手说："冬天你别来，死冷死冷的。春夏秋来吧，包你爽爽气气的。"

老黄骑车到了山下,又停下,回头看了看陡壁上的龙堂村,看不到老刘和老林在哪儿。他们也许在看老黄,也许已经去忙自己的生活去了。

西　厢

苏红一家三口是在冬至那一天回到西厢村的。

西厢村不是他们的老家,他们和父母都在张店城里住。几年前苏红和张刚还谈恋爱的时候,随朋友去了一趟西厢村。苏红就一直念念不忘村前那条见底的小河,河岸、山坡上鲜艳的花儿,酸甜的山里红,后来就春夏秋冬都去。儿子小龙三岁那年,看好了一处依山傍水的小院,花五千元钱买了下来。

院子一买下来,苏红就更来劲了。一个暑假钉在西厢村,把二百里以外的这个家,重新收拾了一遍。院墙全部推倒,用仿古灰砖垒到一米高,怕外人爬进爬出大小便,又加了两米的铁花墙,外边可以看到院子的花花草草,却不容易进来。至于三间北屋,则改造得更彻底。保留原来的石头墙,屋顶全部掀掉,换以黑瓦盖顶。东边一间做厨房,是从张店买来的整体厨房,西边一间是卧室,则安装了空调。张刚觉得大可不必高投资,苏红却坚持自己的方案:"冬天也可以来看雪,将来不住了,还可以卖个好价钱。"

从头到尾,按照苏红的方案收拾完毕。

冬至这天恰好周六,张刚的计划是上午在家看足球,山东鲁能的主场。下午,和几个朋友去球场活动一下,晚上去西雅图吃火锅,喝啤酒。但他拗不过苏红。还有儿子,在学校里憋了一周了,一听要去西厢,一跳多高,马上开门要走。暑假期间他们一家在西厢住了一周,在那条小河边,小龙偶遇了一条小绿水蛇,像一根筷子那样细长,拐来拐去不见了。让小龙一直兴奋,简直成了女同学的偶像,连一直摸他脑袋揪他耳朵玩的几个皮孩子,见了他也有点收敛了。况且,还有住在右临的高奶奶,小公鸡小公鸡地叫他,今天一把酸枣,明天几捧山草莓,还有黄瓜、西红柿,小家伙只好不停地吃。苏红是个护士,对进肚子的东西特别讲究,尤其是水果,要一洗二削皮,但哪抵挡得住?何况小龙根本就不着家,早晚在高奶奶家,每次回家都说撑死了。

这是苏红回西厢最不如意的地方,总怕小龙会生病,其实除了有点磕碰,还真没生过病。苏红还是要在这个周六去一趟,她说:"关键是还有那几只草鸡呢,谁知道高奶奶给照顾得咋样?"

"去了就住一晚上,顺便把院子收拾一下。"苏红开始急吼吼地往包里塞吃的穿的喝的。

虽已是立冬,却落了一场雨。村子里的路湿滑,加上落叶,就更是湿滑。一下车,小龙就东一脚西一脚地往前跑,高喊着奶奶。苏红的心又提起来了。但这次到了高奶奶的屋角,才看到高大瘦削的高奶奶慢慢推开柴门,一步一步挪下台阶,慢慢蹲下来,满脸的笑容,用长胳膊把小龙紧紧揽在了怀里。

"小公鸡,小公鸡。"高奶奶轻声叫着,眼窝里淌出两行泪。

高奶奶用灰夹袄袖子擦眼泪。枯瘦的十指捧着小龙的小红脸。

"奶奶感冒了,不能亲脸蛋了。"回过头来,把苏红院门的钥匙递过来,说:"晚上来家吃饺子吧,估摸着你们该来了。"

苏红挪开自己的目光,低声说:"再说吧。"小龙喊:

"妈妈说要住下的。"

从外边一看,就知道院子是刻意收拾了的:西边是苏红摆弄的一块小菜地。葱已经没有了。上面是一堆草灰,看来是烧掉的落叶。沿菜地一圈的牡丹花,修剪得高矮一样,连枝条的走向都基本一致。进屋的左台阶上,晾着几把捆扎的小葱。西墙根的鸡舍内也很干净,三只鸡,一红,一白,一花,卧着一只,独脚站着两只,都把脑袋插在腋窝里打盹。听到人声,一起叫起来。鸡食盆里是玉米加工的饲料,旁边一只碗,盛着清水。

苏红看了一眼张刚。张刚用食指点了她一下。

小龙没有跟进来。"就让他在奶奶家玩会吧。"张刚说。"没什么大不了的。"

苏红终究还是没有按计划住一晚上。她无所事事地围着院子看了几圈,又回屋躺了一会。

"既然高奶奶照顾得这么好,没什么可做的了,睡一觉,我们就回去吧。"苏红悠悠地说。

"这么远跑来了,还是住一晚上,也陪陪高奶奶,怪可怜的,一个人。"张刚打算把包里的东西拿出来。

苏红一把夺下来,说:"她的儿女都不愿意回来,咱们陪她干吗。"

在高奶奶的院子里,就听见屋里尖锐的童音,苍老的快乐的笑声。苏红掏出手机，搁到耳朵上，边开门边说："行，行，我们一会儿就往回走。"进门看到小龙攥着一块不黑不红的东西，正使劲往嘴里摁，苏红把手机往兜里一塞，一把夺过来放在桌子上，对小龙说："姥姥家里有事，咱们回去。"把带来的吃的喝的，放在门边地上。

小龙噘着嘴耷着眼皮，和奶奶说再见。高奶奶的笑容一下子不见了。愣了片刻，梦醒一样，从门后的桌子上拿出两个大包，一包核桃，一包山楂。

奶奶不断地挥手，不断地用灰夹袄的袖子擦眼睛。

小河已经干涸了，满是灰白的草，灰白的石块。车子拐了一个弯，几分钟后，离开了西厢村。

文身与吉他

来海边一趟，不吃一次大排档，是遗憾。

一间门面房，就是餐厅，再往里就是厨房，煎炸炒烙都在这地方，还不让进。"出去点菜，出去点菜。"好像里面还干着不能见人的事。

门右侧是扎啤桶,老粗老高,矗着,谁也不怕的架势。下边靠近地面是一排空扎啤杯,一杯三斤六元。门左侧是一架高案子,摆满做好的熟食,辣钉螺、花生米、酱牛肉、拌海蜇,还有一盘是串好的生肉串,串长肉块大,等着上火烤。门前一块空地,是满满摆着一溜高桌,每张桌子一圈塑料椅子,与桌子高矮合适。一有人来,立刻就有一个老女人或者小伙子小妹妹,高声快步迎上来,往空桌子那边引,一坐下来,就有一张菜单放在眼前,好像不吃这儿的排档是不行的。

等菜的空里,我看到了那个小伙子,是一位歌者。胸前斜挎着吉他,脸色微红,高鼻梁,鬓发略卷,十分帅气。他正屈身面对一个男孩。那男孩和他差不多大,大学二三年级的样子,光着上身,左胸文了一个动物头。是虎头还是狮头?面目狰狞。文身男孩一手拿烟,一手指着吉他男孩,正在讨价还价。一首歌五十元并不贵。在这个滨海旅游城市,一个成年人吃一顿饭,五十元吃得并不好。文身男孩已经喝多了,手里举一张二十元的纸币,大声叫嚷,催促吉他男孩快唱《萍聚》,说实话,这首歌真不适合在人声鼎沸的大排档唱。吉他男孩还在解释,文身男孩指了一下对面的女孩,呵斥吉他男孩快唱。对面坐着一位女孩,面容清淡,马尾长发,很是淳朴干净,和文身男孩不是一路人。此刻,她窘迫地半低着头,用眼光恳求文身男孩。

吉他男孩看了一眼女孩,脸红了一下。接过钱来,装进口袋,正了一下吉他和自己的脸,开始唱。隔着一张桌子,我能清楚听到他唱的正是那首《萍聚》,他唱得并不好,但是很认真。吉他男孩在唱的时候,手抚琴弦,眼睛却没有离开低着头的女孩,仿佛大排档空无一人,只有他和那个女孩。那个文身男孩看看弹唱的男孩,看看低头的女孩,把一条腿担到桌子边上,拿烟,点火,喷出一口浓烟,把烟卷交到左手上,腾出右手,拿起扎啤杯,使劲灌了一口扎啤,把杯子往桌子上一墩,把左手的烟卷插进嘴里,脸上不多的肌肉一直在跳动,嘴边的咬肌也一上一下地动。

这时候,女孩已经深深低下了头,似乎是双肩在抖动。

我似乎觉得这不是一个简单的花钱买歌的事。这似乎还是一个移情别恋,或者是因为某种原因掉进爱情陷阱的故事。但我只是一个局外人,仅仅是我的猜测。我此时只需要喝酒抽烟,看风景,看吉他男孩、文身男孩和女孩演绎的风景。

这时候,文身男孩把左手的烟往地上一扔,溅起一朵火花。他站起来,晃荡着绕过桌子一角,到女孩身边站住了。我听见他说:"起来。"是叫女孩站起来。女孩依然低头不动。文身男孩把双手插进女孩的腋下,把她抱了起来。女孩被迫站起来的时候,我看到,文身男孩的手臂在女孩腋下,他的两只手却分别捂在女孩的乳房上。女孩想拼命挣脱他,却徒劳无功。吉他男孩的眼里一下子有了泪光。文身男孩突然把女孩的身体翻转过来,张开五指,扇了女孩一个耳光。女孩跌坐在座位上,颤抖了几秒钟,站起来,看了一眼吉他男孩,顺着马路牙子跑了。吉他男孩瞪了一眼文身男孩,顺着女孩跑的方向追去。

文身男孩愣了一会儿,狠狠喝了一口扎啤,把杯子墩到桌上。开门、上车、发动,一辆红色小跑车"哼"的一声,跑远了。朝着吉他男孩和女孩的方向。

所有大排档都是乱得不能再乱,十几张桌子,一律坐得满满当当,男人光着上身,喝酒叫骂,女人不断地吃,还得不断吓唬乱跑的孩子,扯回来不免往屁股上一脚,复坐下又吃。叫嚷着要啤酒的,要烤肉的,还有不断地敲桌子,嫌上菜太慢,扬言不结账就走。没有好的耐性,没法在这儿坐下去。

人们一直在乱着,吵嚷着,吃着,喝着。我却一直盼着那个女孩和吉他男孩回来,在一张油腻腻的桌子前坐下来,慢慢地说几句话,直到两个人都高兴起来。

也还有一种可能,那就是在明天早上的新闻中,看到海边有两男一女的尸体，或者是一男一女的尸体，在海水的塑料垃圾中漂浮着。

来　香

来香读到初二，就回到月庄，再也不去学校了。起因在来香的英语教师，一个矮个子瓦刀脸的中年男人。那天的英语课上，瓦刀脸点名让来香回答问题，来香吭哧了半天，白着眼说："不会。"瓦刀脸嫌她态度不好，把来香的英语书扔到讲台上。没想，来香把自己的书收拾收拾，全部抱到了讲台上，对瓦刀脸说："看着你我就恶心。"把门一摔，走了。

来香的爹叫宋作军，瘦高，在村小学教学，且是个公办教师。那时民办教师一个月十几块钱，宋作军是七十多块。在村里算是有头有脸的人，村里的大事小情，婚丧嫁娶，都少不了宋老师。所以，宋老师逼来香再回学校读书，哪怕换一个学校也行。

但是,来香坚决不去。她对宋老师说:"我看着语文数学英语就恶心。"在姊妹几个中,来香居然个子最高。闺女大了,是给别的男人准备的,自己是不能再动手了。宋老师摇了摇花白的头,上课去了。

来香去了县城友和酒店打工。偶尔歇班回家,也从不到地里去,睡足了觉,用染料涂脚指甲、手指甲,涂得红红绿绿的,像小妖。偶尔出来,也是跷着脚走路,唯恐地上的鸡屎沾到脚上。每次去猪圈里大小便,都尖着嗓子大呼小叫,像被猪调戏了一样,嫌那猪又长又臭的嘴一个劲地往屁股上凑。

来香的娘说:"我这是给我自己生了个娘。"

来香在酒店干啥?来香一挺胸脯,朗声道:"房间服务。"把宋老师和娘吓得白了脸。房间服务?后来才明白,不是在睡觉的房间服务,是在酒店吃饭的房间里服务。友和酒店有很多睡觉的房间,睡觉的房间很昏暗,每个房间都有号码,1105,2207,3309……也有很多吃饭的房间,却是亮堂堂的,每个房间都有名字,芝兰厅,梅花厅,菊花厅……

来香管着梅花厅。只要有客人点了梅花厅。来香就要提前到房间里,根据客人数,把椅子、杯子、小碗、汤匙、筷子、纸巾、牙签,还有饭前要用的开胃酒、苹果醋,都一一摆好。然后站在门外等客人来,等看到一伙子西装大声说笑着,朝梅花厅走来,来香就弯腰说您好先生女士,请进,然后开门,替客人拉开椅子,挂好衣服,一一倒茶。

来香就愿意干这个。来香说看着桌子上的盘子碗酒杯觉得舒坦,看着来的客人觉得亲切。来香说即使大学毕业,也还是要干这个。把宋老师气得拿黄煎饼的手,不住地哆嗦。索性不管了。

姊妹几个,吃穿用谁也比不上来香,甚至村里有了工作的几个女孩,也不敢和在友和酒店搞房间服务的来香比。教学的宋老师毕竟读过几本书,他兀自摇头叹息:"年少而只知享乐,必有后难。"好像说的不是自己的闺女。

自己弄出来的闺女,出了事,有不管的道理吗?

来香在友和酒店干了两年多上,就出事了。这时候的来香,一点也没有乡下女孩的印记了,除了过年过节给爹娘过生日,她不得不回月庄,基本上就是个城里人了。那时候,来香在友和酒店每个月二百多,比宋老师的工资还要高,还经常往家里拿餐巾纸、拆开的香烟、半瓶的或者整瓶的好酒,这些在月庄可不多见。乡下的女孩子,眼窄,贪点小便宜,吃点亏难免。来香吃得亏可大了。觉得不舒服,去了一趟医院,医生白着眼珠子告诉她:"你怀孕了。"

让来香怀孕的是一个大个子,在县政府开车,经常去友和酒店，遇到来香一次后，逢去必到梅花厅。司机的权力很大，安排什么规格的菜，拿什么烟，喝什么酒，一概由司机安排。吃好喝好，在那儿剔牙喝茶，商量着去哪儿唱唱或者洗洗的时候，司机已经去结账了，所谓结账，不过是签个字。

有那么一次，大个子正琢磨喝茅台还是五粮液，来香说："哥，要不就喝咱县的鲁源佳酿吧，厂里能给我点回扣。"大个子露出白牙，一笑："听你的。"哥哥妹妹时间一长，大个子就把来香领到睡觉的房间里去了。

到了很昏暗的房间里，就不听来香的了。

大个子再来的时候，来香偷空把他叫到门外，把化验单塞到他手里。当时，大个子的脸就黑了，白牙也漏不出来了，个子也矮了。

期间，大个子自己来了好几次，来就和来香说："到月份了，去医院把孩子拿掉。"来香说："不可能。"来香已经学会和城里人一样，说一不二。大个子在喝酒的房间里说，又去睡觉的房间里说，足足说了一万句，来香不改口。明摆着，是想把孩子生下来。

那个下午，来香坐在修鞋摊边上，涂着指甲，晃着光脚，等着修鞋。一个大个子从背后靠近她，使劲弯下腰，拿什么东西在来香的脖子里一转。老修鞋匠恰好一抬头，夕阳下,白光一闪,晃了一下他的眼。来香倒在地上,双手捂着脖子,一个劲地抽搐。

残照里,一道鲜艳醒目的红线,围着蜷成虾的来香,慢慢地蠕动。

奶汤蒲菜

常大爷病了。

常大爷家住平泉胡同,小独院。左邻右里,一墙相隔,鸡犬相闻。

常大爷是独居。儿子儿媳在美国,要常大爷和老伴去哄孙子,并欢度晚年。常大爷一口拒绝了。常大爷的理由是,在大明湖边长大,也不会再离开了。常大娘叫李玉贤,随儿子儿媳去了美国。

常大爷疼爱孙子。不是不愿意去美国,他生的是儿子的气:"他们是在那打工,又不是能自己做主。"常大爷独居至今,一晃已经五年多了吧,或者是六年了。

常大爷从织布厂退休后,还是住湖边的老房子。一早到晚地转大明湖,没人的时候就唱,唱河北梆子:"从今后上金殿你莫下跪,你与寡人我并肩齐。"腔调有点让人热耳暖心,是《打金枝》。左邻右里知道他闷,不好说什么。倒是常大爷的二妹常二姑说:"我大哥心里苦。"常二姑离得也不近,在大明湖的南边。隔一两个周,常二姑就来看看这位个子高脾气倔的大哥,给常大哥做做饭,洗洗衣物。常大爷喜爱的饭菜不复杂,蒸花卷,小咸鱼,奶汤蒲菜。见不到蒲菜的季节,常大爷就常叹息。好在常二姑会做蒲菜,花样并不多,常见的是:干辣椒炝蒲菜,蒲菜鸡肉羹,奶汤蒲菜。不管啥手法做的蒲菜,常大爷不声不响地吃。唯独那个奶汤蒲菜,常大爷一喝,就长叹一声,那声音的意思是:还不如清水白煮呢。

常二姑自然明白,话里不让常大爷,不紧不慢地说:"不如你家李玉贤做得好吧?"常大爷赶紧地拿扇子出门,去湖边唱那两句《打金枝》。

常二姑接到电话,才知大哥病了。常大爷只留了常二姑的电话。李玉贤倒是常常来电话,偷偷摸摸的,毕竟是长途,说不了几句,就得撂电话。常大爷生气,那边电话也不留。常二姑还没见到常大爷,就先给引到医生办公室。

"出院吧,胰腺上的病,在这和在家一样。"医生问明白常二姑和常大爷的关系，直接和常二姑说。

常二姑不同意，她说："家里就他一个人，倒在地上连个应声的都没有。"二姑含了眼泪说大哥替父母把我们几个养大，最后落个老来无人管。

二姑央求医生说："让我大哥在这儿住半个月，用点好药，别让他身子塌下来。半个月后我一准接走。"

这半月时间，二姑天天来，一日三餐，洗洗刷刷。常大爷脾气大，还常数落她："你瞧你做的蒲菜，汤不是汤，菜不是菜！"常二姑打小嘴不让人，常大爷病了也一样，那嘴像二月二爆豆子："你两个弟弟不在这边，你老婆孩子在美国，没闲人伺候你，你还跟我这使劲，嫌三嫌四的，没饿死你。"常二姑嘴上使劲，心善，饭菜有花样有软硬，衣物干净利索。日光好的时候，常大爷走去院子西南角唱那两句《打金枝》，常二姑就怎么也止不住泪珠子。

雨水已过，未到惊蛰。湖里还有冰碴。湖边的绿色已经可见了。湖里的蒲草冒新芽了。湖边的人多起来了。常二姑从家里经湖边去医院，走得一天比一天累。大哥从年轻时又为爸，又为妈，对两个弟弟一个妹妹，严厉到苛刻，打小，两个弟弟就和大哥做对头，到现在，在感情上还是和大哥有隔阂。两个弟弟，还有常二姑，却都没当工人，都大学毕业有了好工作倒是常大爷自己到结婚时，还光溜溜只有几间老房，大明湖周遭没见到那么寒酸的婚礼。

"真不如牲畜呢。"常二姑私下也骂二哥三哥。

常大爷出院了。他一再坚持，回大明湖边的老房。"回去舒坦几天。"常大爷舒一口气。对妹妹常二姑说："妮子，我可吃够了你的蒲菜了。"哈哈哈大笑。声音不洪亮了，有点勉强。

常大爷瘦得不敢认了。四邻一看都明白。到了院门口，常大爷步子猛地快起来。常二姑在后面一笑。院子里站着儿子儿媳和一个小小子，一大堆箱子皮包。

"爸，那边收拾利索，耽误了几天。"儿子搓着手。常大爷没理，三两步跨进门去。桌子前站着的是李玉贤，满脸的泪。矮脚桌上，是一碗奶汤蒲菜，宛若白玉汤，飘着几块火腿。

"是这个味。"常大爷看着李玉贤。

"就是这个味。"

起个名字叫雀儿

地瓜窖里的年轻人

入冬以后,月庄村的人只害怕两件事:"死牛烂地瓜"。牛要是病死了,一开春,就够人受的了,拉粪,翻地,累死个整劳力,这么说吧,一春的劳作,全指靠着家里那头牛。

地瓜要是烂了呢?这个地瓜指的是地瓜种。开春后的三月份,该养地瓜苗了。家家户户都在家附近,找一块空地,整平,压实,把地瓜种一个一个排好,就像小孩子排队一样,上面铺一层厚厚的细土,槐树条弯成拱形,间隔排好,再用塑料薄膜覆盖。每天早上、黄昏在下面的炕洞里烧火,直到薄膜下慢慢钻出绿芽来,一天一天长长,成为黑绿的一片。天暖了,就可以掀掉薄膜,停止烧火,慢慢让地瓜苗适应光照、风吹,慢慢地强壮起来。栽地瓜的时候,捡长得粗硬的苗子,栽到早已布好的地瓜沟上去。

如果是留的地瓜种烂了,那就只好到集市上去,买人家栽完了剩下的地瓜苗,没有自己喜欢的品种,苗子也蔫不拉几的,自然是不满意了,也会影响一年的收入。到了秋天霜后,人家收获的是圆溜溜的肥成瓜、又长又粗的十五号,自己呢,不知道是啥品种,灰不溜秋的,小且不好吃,一年白干,更不用说拿去换面条大米小米和辣酒了。

要想地瓜种不烂,只有一个办法,挖地窖。

几个人轮流着慢慢往下挖,到后来,就要用绳子把土提上来。挖到六米后,再在下面向东向南,或者向西向北打几个小洞,每家一个,专门用来放地瓜种。地瓜种放好后,为了取暖,也防止人或者鸡狗掉下去,地窖口要盖上一块石板,盖好草苫子。直到第二年开春,要育地瓜苗的时候,才会打开。几家一商量,下去一个人,把几家的地瓜种装到提篮里,上面有人慢慢拔上来。

来香回到月庄村的时候,村庄已经从冬天醒过来了。还有三五天才过年呢,就立春了,河水已经哗哗哗响了。待年后土地一化冻,就得打开地窖,做育苗的打算了。来香拖着艳红的行李箱,咕噜噜咕噜噜从闲场那里走过的时候,夕阳还停在树梢上。所以,在闲场上等太阳落山的一家老小,都看到了穿黑皮大衣的来香。让老少眼睛一亮的是,来香后面紧紧跟着一个小伙子,脸瘦,身子也瘦,很白,鼻梁上架着一副眼镜。来香大概觉察到大伙的目光,回头狠狠剜了小伙子一眼。后面的小伙子身子一顿,往后一退,不安地向村人扫了一眼,接着又去跟来香的步子。

村人就明白，在广州打工的来香，有对象了。那一晚，村里几个喝辣酒的小伙子，就一直在讨论来香的那个男朋友：那个瘦弱劲，能把来香弄倒了？够呛。尤其是，不止是来香的邻居，很多住在村西山坡上的村人，都听到来自来香家的争吵，主要是来香和她爹在吵。来香好像不愿意这个男孩住下，撵着他走，来香的邻居听到最清楚的两个字："你滚。"后面还有一句话："不回家过年，你跟着来这里干吗？"

自始至终，那个男孩一言不发。

但来香的爹做不了来香的主。来香的爹懦弱。来香初三辍学，就一翅子飞到广州。村里人都知道来香是在广州，谁也不知道她在广州的哪个地方，又是在干什么活？但是，从来香家的变化，村里人都知道，来香是挣了大钱了。首先是，在来香去广州后的第四年春天，她家的三间草屋，给全部推倒，重建了红砖红瓦的新房。然后是，来香的矮子哥哥竟然定下了媳妇，两万多元的费用，可不是卖地瓜干子玉米粒子能办到的事。

来香在广州干什么工作呢？不光村里老少爷们的猜测满天飞，来香的爹也是满肚子问号。第二天晚上，来香去找小时候的玩伴，走时，和那个瘦弱苍白的男孩说："今晚我不回家，明天早上我回家前你赶紧走。"一扭头，走了。

晚上,男孩喝了两杯酒。对着只会抽烟叹气的来香爹,呜呜呜哭了。来香爹这才知道,男孩老家是广州乡下,在来香去广州的第二年春天,和来香开始处朋友。男孩和来香都是初中辍学,碰巧在一个工厂打工,上班下班都互相照顾,到了那年暑假,他们就住在一起了。后来,来香嫌工厂的活累钱少,到城乡接合部的一个镇上学理发,自己开了发廊。从那时起,来香就开始疏远男孩。

"这样,我也没办法管她。你还是回家过年,慢慢地再和来香商量。大过年的不回家,老人都记挂着呢。"来香爹慢悠悠地说。

大年初二,来香嚷着要吃煮地瓜,爹拗不过女儿。他们家的地瓜窖就在屋后,自家的地里,是来香的爹和哥一块打出来的。爹踩着事先挖好的脚蹬,慢慢往下走。来香拿着拴好绳子的小筐,正准备等爹喊的时候,把小筐递下去。却听见爹在使劲喊一个人,很快,爹的声音传上来:"米杏,你看是谁啊!"

来香看见了那件橘黄的羽绒服。这件羽绒服已经买了三年多了。来香喊了一声,声音很大,邻居们都听到了。

来香喊:"小利啊。"然后像笑一样地哭起来。

原来那个男孩叫小利。

先　生

杨西离，非淄博人士。年有七旬，20世纪70年代初，自古都南京来淄博，投奔本族侄子，并定居于此。转眼已是十年。

杨西离的侄子叫杨艺，一个有艺术味的名字，干的工作却是扫大街。人们对他了解也不多，只从居委会那儿知道，杨艺是1948年的兵，解放军赶走蒋介石后，一路北上，却没能参加一次战争。他所在的部队化整为零，进驻淄博市内各区县深山老林，挖洞建房子，储备战备物资。复员后，就在市区的历山街道办做了一名环卫工人。侄子比杨西离年龄大。

这杨艺未娶妻生子，一人住着两间平房，院子也极小。杨西离来了后，叔侄二人一人一间房。院子东边一间小厨房，两人搭伙过日子，煎炸炒烙，缝缝补补，日子寂静无声。每天，天还黑着，或者是月亮还没下去，杨艺就要早起，带着扫帚，推着铁车，去扫大街。隔一会儿，杨西离也会起床,边想昨晚侄子教的做饭手艺,边撸起袖子揉面——地瓜面,蒸窝头。俩人的早餐很简单,玉米稀粥,地瓜面窝头,好一点的话,会有豆汁煎包。

杨西离来后的第五个年头,给居委会聘到一个小学里,教孩子读拼音,用四线三格,认认真真地写声母和韵母。杨西离不急不躁,只有到语文课上,人才精神。孩子们张开小口,一遍遍读,一遍遍写。那声音整齐脆生,写在四线三格里的字母,整整齐齐,小树苗一样。家长们都满意,读得真好,写得也好,就是太慢了。读累了,写累了,杨西离领着孩子们看小人书,自己看一张,领着孩子看一张。校长在窗子边听了一会儿,摇摇头,倒背着手走了。

到期末的时候,刚刚领着孩子们学完新课。期末考试了,还没复习呢。教数学美术音乐的老师也急:这不拖后腿吗?期末成绩一出来,杨西离在历山街道六处小学中,一年级语文是第三名。用杨西离的话说:"基础打牢了。学会的都做对,成绩就坏不了。"

杨西离在这儿算是一个异类。不合群。除了上课时间,就枯坐在办公室,拿一本线装书看。课教得不怎么样,不按教课的套路来,没有备课,没有作业,教务处查教学常规,没有。教务主任不满意了。

校长指着教务主任干活呢,和杨西离一说,杨西离说了一句话:"我走。"校长拱手。他觉得这位杨西离不是凡人。

杨西离住的那一间,还略微大点,靠西墙一张床,靠北一个捡来的书架,都是书。南面靠木格子窗,一张老旧桌子,笔墨纸砚。侄子说:"叔,你在家看书写字吧。"每日就坐在南窗前,读书写字。

杨西离生命的最后五年,是一个人过的。侄子杨艺一早去扫街,天黑路滑,一个跟头栽倒,头撞在路沿石上,巧了,人就去了。杨西离赶到医院的时候,已经在停尸房了。没有留下一句话。

杨西离就拿起了扫帚,推起了垃圾车。早起早去,也是趁着黑,或者借着月亮残照。天亮透了,那一条街也扫净了,水刷了一样。早上摆摊的,晨练的,走着上班的,在这条街上一走,嘿,真是爽气,人也顿时来了精神。杨西离干完活,并不急着回家,先坐在柳树下,歇歇汗。摆摊的就位了,杨西离喝一碗豆腐脑,吃几根油条,或者来一个博山肉火烧。这时候,生活好一点了。

摆摊的,晨练的,都觉得这杨西离不一般,扫了一早上大街了,身上一尘不染。面带笑容,眉宇间却藏着浓重的凄凉。时间一长,大家都熟悉了,烤地瓜的老李,卤猪头的老张,这两位,话多,又觉得杨西离和大家一样,普普通通的,没啥两样。说得多了,就有家长里短。老李家的二小子,八月份高考,数学成绩拉一大截。这又不是地瓜,怎么贮藏,怎么烤熟了,老李没辙,唉声叹气。

杨西离说:"逢周六上午八点,让他到我那儿去,下午四点回去。"每天下午五点后,杨西离还要到这条街上来,弯腰捡拾垃圾。

这天下午,有点小雨,街上人不多。杨西离提着一条编织袋,一路往前拾垃圾。身后有人喊,是街道办的主任,往旁边一指:"老杨,有人找。"来人向前一步,鞠一躬,抬头流泪:"先生。"

杨西离眉头一展,笑着说:"中一,你来了。"

杨西离断然拒绝了回南京的邀请,他请学生陆中一把藏书交给学校。

一年后,陆中一接到电话,赶回淄博。在那间小屋里,他看到了杨西离的骨灰盒,一箱手写书稿,并一封简书:

"学生中一谨记:书稿交校方出版。骨灰带回南京与娇妻合葬。丁酉秋日,西离绝笔。"

起个名字叫雀儿

喝　酒

　　房间很精致。不大不小。五个人一坐，不挤不闹，很适合我们的心情。二十年一聚，说起来就唏嘘不已。

　　主陪是老大扒皮。请的是安子。在八十年代末期的那个小城，安子这个名字，那就是一面旗帜，一座山，一支隐秘部队的司令。安子说话一个字一个字往外蹦，阴森森的。扒皮是我们的头，他从安子那儿转达和落实任务：喝酒或者是出去打架。

　　安子很民主，他同意我们直接喊他安子。

　　于是就开喝。老规矩，完成三杯前，谁也不准提酒或者敬酒，统一标准，三口喝一杯。那时候我们也是这样喝酒，只要是在安子面前，谁也不能改这个规矩。三杯过去，我看到安子的眉毛又竖起来了，和二十年前一样，不过，那眉毛已经有些灰白。

　　安子说："我不能再喝了，身体一日不如一日。"安子说的时候，我明显感到了他的失落。

然而，扒皮端起了一满杯："安子，这次回来就是为了聚一聚，见一见，下次你们见到我，就只能是骨灰盒了。我敬一杯酒，咱们五个一起喝。"安子面有难色，但看了看我们坚定的脸色，还是端起了酒杯。

这一次，安子没能三口喝下去，只好加了一口。

安子刚要说话。扒皮又端起了一个满杯："安子，跟你喝了多少酒？做了多少事情？我们哥四个明镜似的。为感谢你，我单独敬你一杯，这次，只有我们两个人喝，来吧。"我刚要站起来，扒皮以手掌为剑，把我的动作斩断。其实，扒皮很明白，那时我们四个人虽以他为首。但真正有分量的是安子。

安子说："我真不能喝了。说说话吧。"

我和另外两个弟兄开始努力地回忆从前，希望把主题岔走。

安子看我们三个说话。

扒皮举着杯子不声不响。

我一直是充当和事佬的。我说："扒皮你还记得那四位女金刚吧，安子那时咱们哥几个多风光，我们和路一样宽，和树一样高，是吧……"

扒皮是我们四人中最有故事的一个。1988年因为组织了一次大规模的混战，不得不远走他乡。只有我知道他现在是一个下岗工人。我拿眼光恳求扒皮,我不想节外生枝。

"他妈的,你喝不喝?"扒皮杯子一顿,开口就骂。安子愣住了,灰白眉毛跳了几跳。我们三个没敢说话。扒皮敢顿杯子?在此之前,除了安子,谁敢顿杯子?

那年,我们在安子的宿舍里喝酒,我只不过杯子放得重了点,再说玻璃板桌面,声音就大。安子硬说我嫌他的酒菜不好,故意顿杯子。我用求死的心连喝三杯,才听到安子的手指敲了一下玻璃板,嘣。至今还响在我耳边。

"喝。"扒皮端酒的手一动不动,直指安子。

空气冷成一块一块的。

安子按兵不动。

安子的手指在玻璃桌面上敲,嘣嘣嘣。

一朵白花盛开在安子的脸上,小溪,水滴。是扒皮杯子里的酒。扒皮和安子太近。我们三个反应过来,飞身向前。

安子蒲扇似的大手向我们一压,端起酒杯一口喝下去。这种杯子,就是那年我在安子的宿舍用的那种,一斤白酒恰好满三杯。

看着安子面无表情地喝完酒,扒皮趴在桌子上痛哭起来。我赶紧说软话:"扒皮你跑几千里见到我们,你乐晕了吧你。"

回头我想安慰一下安子,没等我挤出笑容来,安子身子突然向后倒,仰在椅背上,就像狠狠挨了一记拳头。细长的五指抓住我的胳膊:"送我——去——医院。"

第二天,我送扒皮回河南。

"安子有心脏病,真不该让他喝多。"

"我知道,早就打听明白了。我就是想让他遭罪。"本来我正在看一位美女的背,这会儿不得不把眼睛扭向扒皮。

"我原想找人打他一顿,但那会很麻烦。"扒皮的目光冷而硬。我和他对视。

"你知道吧,他毁了我们。他根本就没有对我们负责任,对我们严加管教是他的天职,可他没做到。我们现在是什么样子?"

这哪儿跟哪儿呀。我正想摊开两手表示无所谓。扒皮扭头走了。

我只好回头继续搜寻美女。

对了,咋晚那酒喝得太快太多了,我忘了提前告诉你,在那个特殊的年代里,安子曾经是我们四个人读初中时的班主任老师。

花儿红,花儿白

雨后第三天,正是锄地的好日头。

棉花扛一张锄,大鹏扛一张锄,一前一后,朝鲜活的田野里走。棉花的步子迈得均匀有力,大鹏紧一脚慢一脚,跟在后面,躲避着土路上的水坑。

追上了就问一句:"你再想想,棉花?"

"不去。"棉花的声音很好听,带了不依不饶的口气,也带着折断玉米秆子的脆生和咀嚼后的清甜。

大鹏咬咬牙,腮上的肌肉隆上去,又慢慢降下来。

棉花穿着极普通的衣服,几乎是上下一样粗,遮住了好身材。

棉花怎么就那么爱种棉花呢?二月里施肥,三月里育苗,四月到八月,不断的打杈、喷药、锄地,七月下旬才见开花,直到第一场霜打头后采摘。烦不烦呢?棉花一心一意地侍弄这一亩多地的棉花,三年多了,就没个够?

这次,无论如何也要棉花跟他去城里。

大鹏咬断一棵草茎，吐到路边。

"棉花，棉花。"大鹏喊着又追上去。

棉花看见那一地茁壮的棉花，脸上写满笑容。

上足了肥料，又经雨后的棉花，越来越喜人了。枝干赛大拇指粗，叶片肥厚，深绿，新开的花儿，雪白，布满枝头。棉花蹲下去，细心地查看。有没有病虫害，棉花一看就知道。

"唉。"大鹏的叹气把棉花拉回来。

"干啥？锄地。你从那头，我从这头。"棉花拿眼剜一下大鹏。

"我不，我锄这一垄，和你一块往前锄。"大鹏去拉棉花的手，给她一下甩开。

"不想和你挨着。"小声说一句，却不再坚持，红了脸，把锄伸到地垄里。

"棉花，两个月不见了，你不想我？"大鹏坏笑着。

"去。小心给我锄断棉花，饶不了你。"

"棉花，跟我去城里吧，去了你就不想回来了。"

"俺知道，俺也在那儿打三年工。俺知道那些脏地方，城里人心眼多，不安全。"

"我现在有自己的公司了，需要你呢。"

"还不是一样打工，低三下四地求人家买你的东西。在城里干上一两年回来，人不人，鬼不鬼的，爹娘都不待见。"

"哪能呢，棉花，你去吧，我把那个小丽辞掉，咱们一块干，买上楼房，在那儿安家。"

棉花停住。眼前出现一个漂漂亮亮的姑娘。

"辞人家干啥？打工不容易。可不准欠人家工资。"

大鹏听到声音不一样，放了锄过来。

棉花扭了头，两手抓过大鹏，给他挽袖子。

"哪像干活的？穿的衣服像去喝喜酒。"棉花怨一句。

大鹏看到棉花的眼里有泪。

"棉花你去不就好了。"大鹏低声乞求，趁势抓住棉花的手。棉花的手变粗了，大鹏的心里一疼。

"不去。"棉花坚持。

"你种一辈子棉花啊。"大鹏把棉花的手一甩。

"你嚷啥？你嚷啥？"两串泪终于滑下来。

"我再种一年，就在家里养长毛兔，什么颜色的都有，价格高着呢，挣钱不会比你少。盖兔舍的砖都攒够了。"

大鹏想起棉花家里足够盖三间大瓦房的红砖。

"别，别，棉花，你听我说。"大鹏硬拉住棉花的手。

"到城里去过日子，咱们的孩子就可以在城里读书，学东西多。"大鹏凑近棉花的耳朵小声说，趁机轻轻咬了一下棉花的耳朵。

"干啥呢。"棉花红着脸笑了。"棉花,你真好看。"大鹏还要上前。棉花两手撑着他的胳膊,不让他靠近。

旁边的地里有人咳嗽。两个人笑着撒手。

"昨晚让你在我家住下,你就是不。"

"俺不。"

"以后也不?"棉花不说话了。大鹏就大声坏笑。

一垄地锄到头。棉花拿出一块干净的手绢,展开,铺到一块石头上,让大鹏坐下。自己转身去另一头拿水壶。

"棉花……!"大鹏喊,眼却粘在棉花丰满的腰下。然后又压低了声音:"……好看!"棉花回头看见大鹏的眼光,脸就红了:"你说啥你!"哈腰就是一土块。

大鹏扑了扑身上的土,接过水壶,咚咚咚,喝一阵,抹抹嘴:"干点活,真舒服。咦,棉花的花怎么都成了红的,刚来的时候是白的啊。"

棉花笑得咯咯咯的。"傻大鹏,农民的儿子都不知道这个,棉花一开花是白的,到中午,晒足了太阳,吸收了养分,就变成红的了。"咯咯咯。

大鹏笑笑,又凑过来。

"棉花,咱们的孩子第一个是女儿,第二个是儿子。让他们在城里的幼儿园上学,两岁就可以送去了。"

"谁放心呢。"棉花扭头看棉花地。

"那儿条件好,什么都学。"

"咱村里、镇上的也不孬,微机课,音乐课都有。"

"老师水平低嘛。"

"只要真心对孩子好,一样考大学。"

"棉花,里说外说,你都不跟我去城里?"

"嗯。我要养长毛兔……"

"好了。"大鹏站起来。"别说了。我回家就找人看日子,咱们今年结婚,看你去不去?"大鹏扭头就走。

"谁说要跟你结婚了?"棉花红了脸,回应他。回头却看见大鹏拐过地头的背影。

棉花愣了愣,冲背影喊一句:"我就是不去。"

棉花慢慢蹲下来,嘤嘤地哭了。

兰花指

在这个几百号人的学校里,说起周祥老师,都说他长得像某个伟人,也有人不以为然,伟人怎么了?但是,周祥还有一个绝招,让你不得不注意他。那就是周祥会弹钢琴。他是省里的亚军。

周祥读初中的年代,是一个热火朝天的年代,也是一个"英雄辈出"的年代。但是周祥没能够加入造反有理的队伍,去打砸抢,批老师,斗右派。当他为此郁郁寡欢时,却被拔高进了文艺队,原因是周祥长相俊美,身材挺拔。更由于他五指细长,被钢琴老师一眼盯上,说他最适合弹钢琴。于是,周祥开始学钢琴。工人家庭出身的周祥,一坐到那个黑白分明的钢琴前,就显示出与众不同的天赋。钢琴老师说他,音准,有节奏,下手干净,还不飘。很快,学校的钢琴节目非他莫属。

还是初中生的周祥,神采飞扬。在数百次弹奏样板音乐后,渐渐形成自己的风格。就连造型也别具一格。那时的周祥就知道把头发略微留长一点,扎个绵羊尾巴。没有演出服,穿自己老爸的工作装,下摆扎到腰里,在上衣口袋那儿,掖一块小白手绢,显得与众不同。他弹奏的姿势也越来越有形,最绝的是,每一次演奏结束的时候,随着尾音的袅娜飞旋,上身猛地停住抖动,两只手高举在空中,两个手掌的五指,中指向前,其余四指向后,努力张开,状若利剑,貌似兰花,人称兰花指。

渐渐地,都叫他兰花指。

后来周祥在拿好架势，准备弹奏时，张开的十指，也是兰花指的造型。

这个有名的兰花指帮了他的大忙。

因为周祥参加校文艺队有功，也因为他的特长。周祥没有下乡劳动，而是穿军装、戴红花去了部队。在部队上，他还是在文艺队，和一群花花绿绿的姑娘，到各个连队去演出，包括幸运地迎接某个首长来视察。每每有首长和他握手，总会说："你的手怎么这么长，天生就是弹钢琴的啊，而且弹得好。注意啊同志，为了革命工作，要爱护好你的手，手就是你的枪，关键时刻，抵得上千万军马。"

周祥因此自豪。文艺队有一位跳舞的女兵，身材、容貌属于佼佼者，对我们周祥的兰花指爱不释手，音高音低还分不清，硬拉着周祥的手，让他教弹钢琴。有时候，就直接把周祥的两只手，捧在自己的小手里，抱在胸前，小嘴高高地噘着，半闭着眼睛，好像钢琴就在她的脸上。我们的周祥同志本没有到贫下中农中接受血与火的考验，周祥的心和身体就乱套了，就像一百多只手在敲打琴键。周祥同志就说好好好教教教。怎么教？先张开兰花指啊。结果，结果，把人家姑娘胸脯当琴键了。两个人把琴键压得一阵乱叫，全成了长音。

那个姑娘叫单勤。他们偷偷摸摸地交往了五年后，一块转业到地方,分到一处中专学校。两个人顺理成章地结婚,生子,单勤教舞蹈,周祥教音乐,课余辅导学生钢琴。两个人琴瑟和弦,比翼双飞,桃李满天下。

转眼就要到内退的55岁。

周祥辅导的学生里有个女孩叫天宇,二九年华,身材高挑,已经长成了模样。九十年代的女孩子那叫一个闹,穿着时尚,零食乱吃。学钢琴专业,却不懂术业有专攻,一会儿去跳舞,一会儿学美术。周祥就觉得心疼,他主要是心疼那一双手,那是一双多么好的弹钢琴的手啊,五指修长,饱满圆润,灵气四溢。周祥坚信他能教出一个好学生,免不了在她偷懒时责备几句。小女孩却不管长幼有别,两只嫩手掌努力地抱住周祥并拢的十指,拉到自己下巴那儿,学着周祥的口气:"这么好的一双手不学钢琴可惜了。"然后,翘起兰花指,用食指的指尖在周祥天庭饱满的额头上轻轻一点,说一句:"老夫子啊你。"动作轻盈,粉面含春。

这一下,又把我们周祥的谱子点乱了。

那天吃晚饭时,周祥两手抱一个馒头,差点把它攥成石头。躺到床上,周祥心无他念,彻底失眠。这是周祥第二次失眠,第一次是和单琴弄坏部队琴键的那一晚。

再去上钢琴课,见到天宇,翘起的兰花指也不那么潇洒自如了。

　　心乱是非生。是一个黄昏，学生散尽。周祥收拾好教室里的钢琴，正呆呆地坐着。天宇一蹦一跳地进来，见到他，高兴得哎呀一声："巧了，正要你辅导我一个音呢。"说完，坐到周祥使用的钢琴前，翘起了两个兰花指，拿眼夹了周祥一下："咋样？"

　　周祥挪过来，看了看眼前白嫩修长的十根手指。"好，好，你先弹一遍。"

　　周祥能听出是什么曲目，却听不出音阶的进展。

　　周祥正站在天宇的右侧稍后，女孩的T恤衫很宽松，随身体一前一后，前胸那儿的一点衣服，一张一合地飘动，里面就一下一下地闪动两个渐高的白。周祥的头里就嗡得一下，嗡得一下，又嗡得一下，最后成了一连串蜜蜂飞翔的声音。

　　"周老师，听出来了吗？"天宇认真地看着周祥。

　　"哦，哦，我看你的手指的姿势不对，这样来。"周祥面对着天宇，右手翘着兰花指，在天宇的眼前张扬着。左手的兰花指犹豫了一下，却摸上了一个软热的凸起，周祥说着："我给你弹，我给你弹。"左手的兰花指开始在那个凸起上急促地弹奏。

　　天宇尖锐地"啊"了一声，抬手逮住周祥正翘着的一根手指,拼命往上一掰。周祥听到了一个清脆的声音,"咔",然后是钻心地疼。正是右手前伸的食指产生的疼痛。

周祥端着一只手回到家里。单琴问:"怎么了?弹琴还受伤了?还胜过千万军马呢?"

周祥吸着凉气,小声说:"让琴盖给砸断了。弹了一辈子琴,让琴咬了。"

周祥龇着牙花子,瞪着自己的兰花指。

临街的窗

宋京儒走进陈举人的深宅大院,穿过五曲三折的回廊,拾上九层台阶,吱呀一声推门进去。陈举人正端坐在人师椅上抽水烟。多少年了,他一直抽这个。呼噜够了,抬起头来对宋京儒说:"二姑娘病了,病了一个夏天了,学校让她回来休养,你收拾一下,明天去济南府接她。"透过烟雾,一个签着"国立第一师范"字样的信封,在桌子一角。陈举人背后正悬一副对联:福被人物无穷尽,心同佛室香烟直。

陈举人用右手食指尖在信上敲了一下,嘣。

月庄村是千年古村。因为陈举人曾开蒙办学,村里人多粗识文墨,精通书画者不止一二。宋京儒是陈举人的得意弟子,十七岁高中秀才,一时名满沂河两岸。得知废除科举的那天,宋京儒一如既往,身着长衫,手提书袋,走进了村南的山荫堂。陈举人正面南而坐,抽足水烟后说,京儒,你家贫母病,不宜远行,就到我那儿替我管管家吧。

算来,已十一年矣。

二姑娘陈一名回到月庄,正是夕阳西下。二姑娘是个美人,沂河两岸一十三乡找不出她这样恰到好处的女子。宋京儒在山荫堂读书时,她还是个满地乱跑的小丫头,长到十七岁,在其姐姐陈立名之后,去国立女子师范读书,现在还差一年毕业。

屋内昏黄寂静。陈举人抽足了水烟,说:"一名,你累了,先去歇息吧。京儒啊,房间收拾了?"

陈一名没有接她爹的茬,她说:"你该把那副对联摘下来。"她的声音很平静,很好听。至少在宋京儒这里,那声音是少有的好听。陈一名说完,没等她爹的脸舒坦过来,扭头走出去。宋京儒听到二姑娘下台阶的声音重重地响了九下,每一下间隔几秒。

陈一名看着低头忙碌的宋京儒。对他的印象,只是停留在俊朗的外貌和长可及膝的两条手臂上。寒暑假回来，也只是在需要他的时候，京儒京儒地喊他。

"京儒，你来一下。"

一夜不见，二姑娘的闺房成了一个书画作坊。她小小的行李箱，怎么装下的？"京儒，你找几个人把那个窗子给我改一下，就像——"

"就像你学校教室的窗子一样。"我去的时候见过。宋京儒看着那个硕大的窗子说。二姑娘陈一名盯着面前的高个子男人，直到他回过头来一笑。二姑娘才恍然红脸。

"不用找别人了，我来吧。"宋京儒说，"怎么干我有数。"

砌墙、打窗，费去宋京儒两整天的时间。两米见方的大小，对门窗，陈年老木，玻璃嵌里，栗子红。颜色、大小、样式都是二姑娘的意思。窗外是月庄村的正街，往来人等，熙攘不断。对面是一家商铺，烟酒糖茶日用百货。二层，上面住人，下面开店。二姑娘瞪着宋京儒汗湿的脸，说："京儒，你要是出去求学，必有作为。"说着，去一边拿起一副卷轴，展开来，挂在窗左侧墙上。

立轴，浓墨竖写，蝇头小楷：

"绪水之阳，胡山之阴，惟吾校址，义路礼门。创办学堂，协工同运，益于邦人之热忱。师生一堂，弃旧图新，培育中华栋梁人。育世英才，群情激奋，大展宏图，矢勤矢慎，报效国家，光复炎黄自由民！民国二十二年九月。翰墨斋张维瀛敬赠。"

"这是我们的校歌，京儒，你想听吗？"二姑娘蓝衣白裙，昂首静立，朱唇微启，婉转而起，至于激越。歌毕，已是泪流满面，进而号啕大哭。宋京儒垂手面窗，直到夕阳满怀。

"京儒，你娶了我吧。"背后，响起二姑娘平静决然的声音。

半晌，二姑娘走过来，看着对面的店铺说："那儿是一个书画店最好。我读书时座位靠窗，对面就是一个书画店，叫翰墨斋。"又把目光挪回来，看着那幅字，说，"就这样了，你去和陈举人说。"

"天还不太冷，你还可以穿旗袍。"宋京儒回头笑一笑。二姑娘没有说话。

"京儒，你口阔鼻直，肩宽体长，若非废去科举，济南府当有你一片天地。既已如此，当安心置业，你能写可画，略通天文医术，心有大善，必能泽被四方，儿孙满堂。"陈举人一气说完，端起了水烟。

"沂河之阳十亩上等好田，你找人帮你种上。村里要土改，划到你名下，可免去划为富农没收之灾。找个日子办婚事吧,家安在哪儿随你。"陈举人长久地看着那副对联,回头说:"我死后要埋在那十亩好地里。"

二姑娘果然不愿搬出去。她说:"我们就在这儿。再说,这个窗户能搬走么?"新婚之夜,二姑娘从容地把自己脱光,衣物整齐地叠放在床头上。回过头来对宋京儒说了这番话。口气已经没有一点洋学生的味道。半夜里,突然又问了一句:"京儒,你相信命运吗?"宋京儒已经睡着了。

婚后半年,二姑娘生下一个口阔鼻直的女儿。此后,二姑娘下台阶似的生儿育女。到了五十岁那年,居然怀孕,次年,生下一女。二姑娘舒了口气,对着懂事的、不懂事的儿女们自言自语:"我已经生了四男四女八个儿女了,不再生了。"二姑娘说这话的时候,陈举人已经埋在那块地里。

二姑娘弥留之际,盯着临街的那个窗口,直到宋京儒展开那幅立轴,铺在她胸前,由她从卷轴一侧抽出一个纸条,才说:"有空走一趟吧,把字还给他。"宋京儒点点头说:"我知道是翰墨斋。"

哭声响起来。

麻　叔

麻叔住在沂河的西岸，山脚下，树林边。一座小茅屋，灰头土脸。东为沂河，面南一片坟墓，新的，旧的。

麻叔不姓麻，麻叔姓宋，按照辈分，我要喊他爷爷。有记忆时起，麻叔就住在沂河的那一边。离村有二十几里路。

我常问娘："麻叔怎么不回村？"

娘说："村里人不要他。他得了麻风病，烂眼睛，传染人。"

麻叔老婆死得早。有两个儿子，两个女儿。有时提个篮子给麻叔送点吃的，去得很少。后来干脆不去了。

夏天沂河会涨水，且有狼虫，少有人去。冬天，只见到村里的二流子去套野兔，再就是呼啸的北风、越淌越细的沂河、寂寞的坟头，陪伴麻叔漫长的冬季。

春天耕种，秋天收玉米、高粱、地瓜，种小麦，人就多了，大人孩子都去，红红绿绿的，热闹。娘常领我去找麻叔要水喝："麻叔，给点水喝，孩子渴了。"

麻叔一脸微笑："快来，快来，只要孩子不嫌弃。"麻叔盛水的盆子很大，总是刷得很干净。粗瓷、白釉面里，蓝花，几尾大鱼、小鱼浮于盆底。我不敢看麻叔，麻叔的两只眼睛烂眼眶，整年的红肿，往外淌血水。娘只让我喝水，不让我吃麻叔的东西，饿了就啃生地瓜、吃酸枣、生豆角。麻叔也没有好东西吃，好几次，我看到他做饭，盐水煮豆角或者清水炖南瓜，地瓜面子窝头。村里人都不吃他的东西。

大人也来喝水。年轻人不打招呼，走到草屋前，抱起那个盆子咚咚咚灌一气，放下，抹抹嘴就走。看到水不多了，麻叔麻利地去生火烧水。麻叔的水都是烧开了，提前冷在那儿的。凉白开，不坏肚子。水是沂河北岸崖底的泉水，麻叔要蹚过河去挑。

和麻叔年龄差不多的，就要坐下来，慢慢地喝点水，麻叔总是受宠若惊的样子。把早就准备好的几个木墩子，一一地摆出来，一个劲地念叨："没茶叶了，没茶叶了，你说说，你说说。"随即跑草屋里，端出一个簸箕，里面是焦黄的烟丝。不用烟屋子烤，单凭太阳晒，能晒出这样好的烟丝，只有麻叔能做到。抽袋烟，说说话。

抽上一袋烟，麻叔就能放松下来。不断地问。

"大生他娘还住在破窑里？""嗯。"

"作孽,冬天咋办?"叹一声。又抬起头。

"三哥的喘病没事吧?奔七十的人了。"

"怕是崴不过年去。"

麻叔就不断擦血糊糊的眼睛。有人来上坟,有人来埋亲人。麻叔也是这样擦眼睛。

有一年秋天,麻叔的草屋前多了一个女人。年轻,好身材,很俊俏,看穿戴像是镇上的。女人是个疯子。反反复复地骂一个人,骂一个男人。那个秋天,麻叔的草屋前显得比以往热闹。白天,疯女人漫山遍野地跑,崖头岸边,地头坟堆,和孩子们嘻嘻哈哈地打闹。晚上,麻叔把她安排到自己的草屋里,自己蜷在一边烧水的屋杈子里睡。经常看到麻叔把饭菜递到疯女人手里,催促她吃,疯女人只会咻咻地笑。时间长了,有人就打趣,是村里的二流子货:"麻叔,干脆留下她得了,天冷了,也好暖被窝。她的身子很白。"

那时正有很多人,喝水的,抽烟的,闲聊的。村长也在。

分明是麻叔的背影一颤,缓缓地转过身来,烂眼里射出凶光:"混蛋,他喊我爷呢。"麻叔把水瓢往水瓮里一扔,激起一片水花。麻叔可是第一次骂人。疯女人听到这句话,扔下手里的蚂蚱,抬起头来,好看地一笑,说:"爷,我不走。"这才注意到周围,或蹲或站的一群人。疯女人歪着头,含了笑,逐个打量。她看到其中一个时,就是刚才打趣的那个二流子,脸色突然变了,一脸惊慌,退一步,紧紧抓住麻叔的一只胳膊,弱身子不断发抖。

麻叔用手拍拍疯女人的头发:"别怕,别怕,干活累了,开玩笑呢。"

疯女人突然又狠了脸色,大张开两只手,对准那个人扑过去。那个二流子货,平日好吃懒做,偷鸡摸狗,不干正经事,一村人都不待见他。正厚着脸笑,没提防,躲不及,给抓个正着,脸上留下两道细长的血印。慌慌张张摆脱疯女人,骂骂咧咧的,捂着脸跑了。

"他脱我衣服呢,他脱我衣服呢。"疯女人摆脱不了麻叔和村长的手,只好在那儿又哭又叫。

"村长,这事你可得管管,可不能欺负一个疯女人。"麻叔使劲瞪了眼,看着村长。

"村长,你经常到镇上去,给喊喊,找找是谁家的孩子,这么年轻,可怜呢。"麻叔的语气又软下来。

"天冷下来,我实在没办法。"

疯女人坐在地上,抖成一团。

麻叔念念叨叨地说:"疯孩子,天冷了,你可咋办?你家在哪里?"

疯女人听了,抬起头,含着眼泪笑了。

起个名字叫雀儿

麦 青

麦青在"散客来"快餐店干服务员已经两年了。

客人少的时候,麦青就靠在厨房的门框上,两眼空空地看着窗外闪过的人流,靠窗一张茶几上的一株君子兰,以及阳光散落在地面上的碎影。

十九岁的麦青还略显单薄,但是她知道来吃饭的男人都偷着看她。麦青知道他们没有恶意。看到穿着得体的女士优雅地放下坤包,或者一两位戴眼镜的男士,从容地喊她拿菜单,她的心里就有了一丝惆怅,却认真地去做了。也有几位客人在喝到八分醉的时候,试图抓住麦青的手,却抓个空,只好嘴里不住说:"小姑娘,你怎么这么漂亮呢?"麦青就哼哼哼地笑。往厨房走的时候,麦青就在心里打自己的嘴巴,为什么没有好好地把高中读完呢?麦青不知道自己还要干多长时间。

这条街上很多人喜欢到"散客来",就是因为有麦青。坐机关的、做生意的、打散工的,穿衣、言谈各有不同。

来的都是客，麦青一样的招待。人人各有苦衷，麦青从来都是一脸生动的笑容。可她讨厌一个人。

那其实是一个很帅气的小伙子。第一次来的时候，麦青就狠狠地看了他两眼。因为他喊她喊得很嚣张。

"服务员。上茶。一碗牛肉面，两个小饼。"小伙子喊着，拿袖子擦汗。麦青就烦了。比有钱人还牛气。一个送水工。哼。

被他喊烦了，麦青就想治治他。后来有一次，麦青在他喊"服务员"之前，就跑到他跟前。

"把你的身份证拿出来。"麦青离他一米，伸出细长的五指。小伙子看着那只白嫩的手掌，彻底傻掉了，拿眼睛直愣愣地看她。麦青不依不饶地伸着手，直到小伙子犹犹豫豫地把身份证放进她的手里。

杨树。麦青哼哼哼地笑出来。拿另一只手拢了一下头发。一棵笨杨树。四肢粗壮，头发蓬乱，真像一棵树叶茂盛、枝条张扬的杨树。

麦青笑得弯了膝盖，上半身抖成一团。那棵杨树似乎生气了，抢过身份证。等来了面，用手指捏住碗沿拖过去，闷不作声地猛吃。这件事，到了晚上，麦青刷碗刷盘子的时候，还借着哗哗的水声，哼哼哼地笑了好一阵。躺到床上的时候，翻了好一会，都没有睡着。

那棵树。麦青念叨着,把自己紧紧地抱住。以后我就叫他那棵树。

通常都是早上七点,杨树会准时赶到"散客来",吱呀吱呀地停下笨重的三轮车,擦着汗推门进来。三轮车上是几十桶纯净水。在这儿吃完了饭,他就要把水送到几层、十几层的楼上去。杨树一直吃得很简单,一碗牛肉面,两个小饼。来这儿的熟客,麦青都知道他们的喜好、口味,往往人刚落座,麦青就利索地把吃的端上了,所以杨树喊麦青服务员的时候,麦青就特烦。你不喊,我也知道。麦青咬了牙,又怨又气。

一晃就是半年了。麦青的心事重了。她老是问自己,干到什么时候呢。杨树几乎天天来,只是喊服务员少了,来了就看麦青一眼,找个位置坐下,等着,像个等老师发作业本的小学生。麦青见到杨树心里就热,暂时地忘了不快,把茶送上,再把小饼、面端过去,就转了身子,别别扭扭地走回来,靠在厨房的门框上,看一眼窗外,看一眼杨树,再看一眼窗外。再看一眼杨树。碰到杨树的目光,就赶紧跫进厨房,一会儿又出来,人却走了,喝剩的半碗汤,还冒着热气,缓缓地,把麦青的心弄得烟雾缭绕。

慢慢地,麦青发现自己最快乐的时候是在早上杨树来吃饭的时候。到七点的时候,麦青就让师傅下面了。面熟了，人没来，麦青就问自己，那棵树怎么还没来呢，跑出去看一眼，很快跑回来，来回跑了好几次。人来的时候，却发现有些不一样，眼圈发青，嘴唇肿了。坐下来冲麦青困难地笑笑。

"打架了？"

"碰上一个坏家伙，打老婆，我……"

麦青的心一下疼起来。看着她念念叨叨的那棵树。

"你应该穿上一件围裙，这样可以保护自己。"杨树认认真真地看着麦青，认认真真地说。

麦青低头看看自己身体，心里扑腾一下子，放下面碗，脆脆地叫一声："要你管？"转身快步进了厨房，马尾辫左右飞扬，就像音乐指挥不断摆动的双手。进了厨房，躲在门后，给油烟呛出两眼泪。

杨树吃完，却一直没走。他隔着几张桌子，对麦青说："我不送水了，我到另一条街的工地上干小工。"

"我不叫服务员，我叫麦青。"麦青觉得自己快倒了，但她还是狠狠地看住他，两眼一层雾水地看住他。

杨树笑了，露出两排整齐的牙齿，闪烁着坚定的白色。

"你还来吃牛肉面吗？"

"来，来吃。"

"早上七点，面就做好了。"麦青轻轻说着，走过来，在她的那棵树的对面坐了下来。

南　园

读小学时，放了学也不回家。爹娘都在地里，不黑天不回家。老师也不管我们，他扔下书本，也要去地里收麦子或者刨地瓜，累个半死，才踏黑回家。

我们就到南园去。

南园是一片树林子。白杨树。树林北边有一堵墙。青石板，平整，干净。我们搬下几块，当课桌或者椅子，一拉溜十几个，唰唰唰地写作业，生字词五十遍，或者加减乘除一百道题。做完了，就齐呼啦地去玩，知了、树叶、青蛙、蚂蚱，或者是冬天的一个大雪人，堆好了，就任它在那儿化得一塌糊涂。

那堵矮墙是一户人家的院墙。男人高大魁梧，铁塔一般，吓唬我们的声音，如铁锤敲在大钟上，耳洞里嗡嗡的。

女人却瘦弱，肤白，眼球陷下去。通常只听到她在家里猛烈地咳嗽，只有出来拿做饭的干柴，才见到她。看到我们搬她家墙上的石块，也不吼，一个劲地嘱咐："小心，小心，石头砸了脚。"见我们不理她，就抱了柴往回走。倘若柴重了，走几步就停下来喘。她有很厉害的痨病。她家里经常飘出中药的苦味。

去得多了，就经常听到男女主人的吵闹。敲钟样的声音，骂声不绝，在干净的空气里穿来穿去。夹杂着柔弱无奈的辩解。有一两次，我见到女人在屋前的草堆里哭，拍着大腿，鼻涕眼泪的，哭自己早死的老娘。哭几声，拍一下大腿。那时，她已有两个儿子，一个女儿。儿子小老虎一样结实，个矮，说话不清。大冬天的，单穿一件夹衣，露着前胸。穿布鞋，前露脚趾头，后敞脚后跟，整天对女人喊饿。女儿倒是柔弱，老是在她怀里哭。

有一年，到了年关，几个伙伴从南园那儿走，又听到了怒吼和哭声。跑去看时，一家人都在院子里，几个街坊围着劝解。锅碗瓢盆摔碎了一地。女人坐在积雪里，低声嘶哑地哭，女儿拱在她怀里。几个女人围着她。两个男街坊拼命拽着男人。

"我那儿子啊，我那女儿啊，吃的啥？穿的啥？还要生孩子，可怎么活啊？"

"你个烂娘们,别给我号丧。我叫你过不去这个年,你看着。"男人挣脱几只手,闪身进了屋。传来很响的声音,"嘭",应该是暖瓶碎了。

女人被邻居扶进屋里。

南园的左手是一方池塘,上接一个水库,下接一条小河,都相距二三里的样子。池塘不大,春、冬两季多干涸,供村里人倒垃圾,或者挖塘泥垫猪圈。村卫生室的碎药瓶、针管,也倒在这里。没有什么好东西捡,只好在里面走来走去。雨季的时候,水库的水把它充满,变得极深,向南流向小河,引上来各种草鱼,还有青蛙、小蛇。停留在芨芨草尖的蜻蜓,一簇野藕伸出细长的茎,挑着几朵花在水面飘零。小池塘就热闹了许多。鱼有大鱼,二三斤重的也有,水清的时候,能看到它们青黑的脊背。水太深,还有碎药瓶、针管。我们都不敢进去。大些的孩子,扎个猛子进去,要么憋青脸出来,要么出来后,抱了血淋淋的脚板哭。在池塘边捉鱼的,是天天闲的光棍,用的是抡网。抡圆了胳膊,喊一声,甩出去,待坠子落到水底,拉住绳子,慢慢收拢来,就有鱼在里面跳,白条、泥鳅、鲫鱼、青蛙、小蛇,间或一条鲤鱼,惹来一阵大叫。

五年级暑假的一个早上,天热。我们都躲在树林里。猛听到正在打鱼的刘三一声嚎叫。跑出树林看时,果然大,却是白的。待看清了,才知道是女人的身子。刘三说,快去叫铁塔,就是经常对我们喊的那个。女人的脸、手、脚都胖而白,没有了往日的干瘦。肚子更胖更白。男人赶来,生若洪钟地哭:"我的孩子,我的孩子。"女人怀孕了。两个儿子、一个女儿,挤在一起,拼命哭,拿泪眼挨个看围观的人。

我挤进人缝里,努力地去看她的脚。她的脚很白,很干净,很吓人。

我只是想看看她的脚有没有被碎药瓶、针管扎破。她的脚完好无损。

然后,我掉头往家跑。半路上,我哇哇地哭了。

我身边是急匆匆跑向南园的大人们。

你的名字叫庄户

庄户此时正急匆匆赶路,低着头,背着一大捆煎饼。庄户已经三次参加高考了,每次回家拿饭都来去匆匆,怕碰到熟人。

正要蹚过一条小河,身后地里有人喊他:"庄户兄弟,别去了,回来下庄户种地吧,年年白烂粮食,考不上大学,成造粪机器了。"

庄户没回头,也没停步。走出去了半里地,却又踅回来。

"指不定谁下庄户种地呢!"少年红了脸,噙着泪。

原先喊话的人正低了头捡一块石头,吓了一跳。没等搭话,手里的镢头给夺去扔到地堰下。

这是1992年的事。庄户又回高三复读了。难怪他要对本家哥哥发火。庄户的高考成绩,每年以十分左右递减。最后那一年看完榜,庄户回到家,把所有的书抱到院子里,一把火烧了,冲进屋里,夺过爹手里的碗,冲爹喊:"是谁给我起的这个名字?"爹已经没有力气教训他了。

也算时来运转,县城玻璃厂招工,只招高中生,但需要交八千元把户口买回去。庄户知道这事,回家跟爹急跟娘吼,摔盆砸碗的。爹不敢和儿子倔,半大小子什么事也敢干。就黑了脸跑到五个女婿那里,硬是借够了八千块,临走,撂下一句话:"让你兄弟庄户还。"不管怎么说,庄户现在可不是庄户人了,干上了城里人的工作。穿了崭新的工作服,每天按时上下班,敲着锃亮的饭盒到食堂买饭。到歇班的时候,就相约逛街去。

在农村也是一件大事。五个姐夫约好了,抽庄户歇班的时间,赶来给老小祝贺,爹把本家几个有名望的叔叔大爷、堂哥请来,满满地坐了三桌,热热闹闹地喝酒。半斤瓜干酒喝下去,喜庆的气氛就出来了。叔叔大爷开始庄户庄户地喊,庄户的脸就有些变色。爹已喝高了,只蹲在那儿傻笑,脸上松弛的皮都拱起来,像屋后一道道的山梁。娘看在眼里,急得只是搓手,给庄户赔笑脸。

庄户的小外甥,四姐的儿子,四五岁的样子,挺会来事,看着大人高兴,也凑热闹。端个酒杯,挺郑重其事地喊:"庄户舅舅,我敬你一杯。"众人一个"好"字还没喊出来,小手里的酒杯给舅舅打掉了:"我叫宋春雨,不叫庄户。"庄户喊完了,自己也愣住了。当姐姐的不好说啥,姐夫不愿意了,他原本是个屠夫,蒲扇似的一只大手,把庄户衣领抓住了。众人醒了酒,围上来劝。那边小外甥还不依不饶:"臭庄户,把俺的钱还给俺,那是俺爷杀猪挣来给我娶媳妇的。"这么一闹,庄户就彻底地醉了,跑自己小屋里,鬼哭狼嚎整整一下午。也怪,还真就没人叫庄户了。娘打喂奶时就叫庄户,习惯了,随口就喊了,但只喊出一个字,就生生咽下去,改成"回来了"或者是"吃饭吧"。

有一个人不怕,庄户庄户的屋里屋外地喊,庄户只红了脸答应。那是他未婚妻小雨,一个车间的,小人小马的，眉清目秀，说话做事挺利索。她庄户庄户喊，把婶子大娘喊得直笑。小雨就问："怎么了？在车间里，我就喊他庄户，是吧庄户？"问完了，就拿小眼睛蜇庄户，把庄户的脸蜇得又红又肿。把娘喜得也跟着小心地喊了几声"庄户"。庄户也没急，笑眯眯地提粮食去喂嗷嗷叫的老母猪。

庄户四十岁上，已经是快二十年工龄的老大哥了。两口子省吃俭用买了一套80平方米的房子，送儿子读高中，日子就显得紧巴。爹得了老年痴呆症，谁也不认。娘也老得走不动了。庄户就常回家，好在也不远，帮老爹老娘打满水，打扫卫生。到春播秋收的时候，唤了妻儿，该种的种，该收的收，侍候二老的几分薄地。每次回去，老娘一直盯着庄户看，到地里去干活，老娘也颤颤地跟出来，看着庄户拐过山坡去。往回走的时候，一再地说："工作忙，就别回来，你几个姐姐经常来。"庄户的眼泪就止不住，推了自行车，吼着儿子，稀里哗啦地往回走。

爹先走了。隔了两个月，四姐打电话来，让他回去，庄户就知道老娘在等他。娘的手脚动不了了，只拿眼睛盯着庄户看。庄户的心就裂开来，就碎了。庄户把娘的手暖在自己手里，放到脸上、头上，把脑袋紧紧地贴到娘干瘪的胸膛上，喃喃自语："娘，娘，我是庄户，我是你的小儿子庄户。"

这时,庄户听见了娘的声音:"庄户唉,庄户,我的小儿子哦。"

四十岁的下岗职工宋春雨或者是庄户,开始失声痛哭。

年　关

镇上来村里查账的小组,早上来,傍黑走,从小年那天一直查到腊月二十九日。这个时候,家家户户已经贴上春联,等大年三十的鞭炮了。

财政所老李,合上最后一个账本,到火炉子跟前蹲下,抽出一根烟递过来:"老耿,没什么事情,好好过个年,年后我和乡长来,开个党员会,通报一下就完了。"

老耿苦笑:"在这儿吃饭?"

"整啥啊你,过年了,在你这儿吃?走人。"几个人出门,挥挥手,骑上车走了。

看着保管员锁好村委大门,老耿走了几步,又回过头来嘱咐:"明天你找人写写春联,每个屋门贴一贴,扫扫卫生,新鲜新鲜,过年了。"保管应一声。

夜色浓上来。"老李他们要摸黑路了。"老耿念叨一句,回过头来,保管已经走远了。空气里满是肉香。老耿深吸一口,往回走。大街上空着。走到小卖部那儿,灯影里闪出一个人。老耿一愣的空儿,那人喊了一声:"爹。"是大儿子。

"嗯。"老耿应一声。

"春联贴上了?""嗯。"

"请家堂了?""嗯。"

"回吧。"老耿长叹一声。

"爹,这书记咱不干了,你帮我吧,我们也忙不过来。"

"村级路硬化才干了一半,我不能撂挑子,你等我一年。好吧?"

"我为什么干?因为公社的老书记郭爱民。为了赶走日本鬼子,丢了一条胳膊,一只耳朵。我不能对不起他。"

黑暗里,老耿看到儿子把头别到一边。

七七年,在公社西边的山里修水库,从山上推石头,他一架子车推一千斤。从库底挖淤泥,别的都是两人抬,他自己挑,三百斤重的担子,他一直腰就站起来了。就是那一年,新来的公社书记郭爱民,硬逼着他干上村书记。那时人心多齐整啊,吃饱了,干活,不吵不闹的。

八六年上电灌，沿河一圈，一气上了六个。收完玉米，种上小麦，带着大伙开始干，刨地瓜前就完成了。渠道修到半山腰，三千多亩山梁地变成水浇田，姑娘媳妇齐上阵，嘻嘻哈哈就把活干了。

九四年盖学校，来麻烦了，跑东家，走西家，一个多月的时间才动员起来，出工不出力，不见钱不干活，这都怎么了？孩子们顶风冒雨地跑外村读书，怎么就不心疼呢？

今年，村里硬化路面，在大会上说得明白，村里的主干道，全部出工出石料，自己门前的，村里出水泥，自己干。老少爷们就骂骂咧咧地不爱搭理。末了，有人向上反映，说他贪了水泥，还把以前的旧事搬出来，说他九四年还贪了盖学校的砖木，给大儿子盖房子。

正走着，老耿突然停下来，对儿子说："学校门口的灯没亮，我去看看，你先回家。"

"一块去，有段路不好走。"

老耿没吱声。

自己在村里干，家里地里的活顾不上，生生地把大儿子从学校里拽回来，帮他娘干活。教过自己的那个老师，指着自己骂："你瞎了你的儿子啊你。"想到这里，老耿停下步子叫了声："山子，你怨爹吗？"

"爹,你还叫我小名?"儿子许久回一句。

"嗯,你也有儿子了。"老耿轻轻笑一下。

"你娘打完针了?"

"嗯,挂完吊瓶,我出来的。"

"爹,你以后别老吼她,俺娘也不容易。"

"自己的老婆我知道疼。一到冬天就犯病,年轻时干活累,吃不饱饭,落下的病。"老耿长叹一声,"再加上为我担惊受怕的。"

"九四年盖学校,有人摸黑往咱家里扔石头。早上,你娘拿个筐,啥话也不说,一趟一趟往外拾。"老耿突然停住,不说了。

"山子,你娘生病的事,别跟你妹你弟说,大过年的。"

"嗯,今晚上话有些黏糊呵。"儿子轻笑一声。

"山子,村委前边那块宅基地,你不能要了。"

儿子一下顿住步子。

"爹,钱已经交了。"

"我让保管退给你。老杨的三小子打着光棍呢,比你急房子,你现在住的地方就是高点,年轻,不怕。"

"再下去几年,现在的学校就搬到镇上去了,这儿早晚要卖,那时我也不干村书记了,那时你再要吧。"老耿指着眼前的学校。

"爹……"

咔嗒。老耿拉亮了学校门前的大红灯笼。山子看到老耿的眼角闪着碎光。

爷俩走到自家院子里，听到屋里一阵笑声。推开门，扑上来一阵香气。桌子上摆满了菜，他经常用的那个白瓷酒壶，正在热水里烫着。

保管和几个村民小组长，围桌子抽烟喝茶。看见老耿，稀里哗啦站起来。

"我打电话问了一下，都在家糗着，都还没烫酒呢，就咋呼来了。"保管笑。

"用我的电话打的吧？你这个老抠，平常叫你下个通知开个会，你摸起我的电话就打，不会到村办公室拿喇叭喊喊？"老耿半真半假。

"就我？一嗓子出来，能把怀孕的老母猪吓得流产。"一阵大笑。有人擦一下眼角。

老耿的右手旗帜一样举到半空："爱民书记，我敬您一杯。"

一圈人"吱"的一声喝干酒杯。

酒烫得是真热。胸膛里立时暖了。

起个名字叫雀儿

旗　袍

　　小镇不大,年头却长。两条省道,一东西,一南北,交汇出小镇的中心。来小镇上的外地人,大多找两个人,一个是镇南的水果大王刚子,一个是镇北的裁缝张。

　　外地人肯到无名小镇做旗袍,可见裁缝张的手艺了得。小镇上的女人近水楼台,穿旗袍的就多一些。春末夏初至秋深,女人们乐此不疲。尤其那些好身段的女人,几乎把旗袍当作自己的招牌。得了空闲,就纷纷穿旗袍亮相。外地人来小镇做很多生意:运水果、拉河沙、收木材、贩猪牛羊等等。做完了生意,还愿意在小镇上的小旅馆留恋几日,眼睛盯着穿旗袍的女人不放。穿旗袍的女人们无形中主宰了小镇的经济往来。

　　但刚子的女人不穿旗袍。女人是上海人,上海女人管自己叫"阿拉",管别人叫"侬"。胸脯翘得摁不住,到腰那儿又猛地细下去,把肉转移到臀上。说话快得听不清,软得拿不住。在冷库里干活的男人就骂:狗日的刚子。然后把苹果箱摔得满地打滚。

女人不问冷库上的事。闲了,就捧了茶杯躲太阳,看工人干活,跑到选苹果的女人堆里拉呱。尽管没人听懂她。女人一个最爱,就在衣服上,春夏秋三季,清晨中午下午换得那叫一个勤,时间长了,干活的男人女人给她一个外号:三换。在刚子面前也喊,刚子不恼,很受用地笑一笑。时间长了,女人也明白,也不恼,反而转几个身,双手捧了屁股,嗤嗤地笑着说:"阿拉就是这儿太肥了。"女人不喜欢自己屁股上太多的肉。

包装苹果的女人们却对女人换来换去的服装不以为然,撇一撇嘴:"臭摆,还是裁缝张的旗袍养女人。"旁边就有人拿苹果打说话的人。

女人听到这话,两眼亮晶晶的。

女人不是不想穿旗袍。是刚子不让。女人觉得委屈。女人看到店门口穿了旗袍的其他女人,悠闲地舒展着身子东张西望,或者拿了一块上好的绸子,去找裁缝,女人就叹口气,待上半天,端了茶杯怨一句:"衰刚子。"

女人渐渐知道了街北那儿的裁缝,姓张,手艺精绝。女人心里就痒痒得不行。跟刚子说,却孬好不答应。夜里,翻来覆去地缠刚子。刚子爱极了女人,缠得没法,狠叹一口气,幽幽地说:"那原是我们家的手艺,源自一代名流宋美龄的大裁缝，是我爷爷苦熬三年学来的。我父亲希望我继承下去，却又半路收了一个徒弟，就是这个裁缝张。他说裁缝张对女人感觉更准确。"刚子长叹一声。

"后来我自残一指，另谋生计。我也能做出好旗袍，我喜欢用黑色的丝绒。做旗袍这手艺得有好女人养着。"刚子看着半截断指，目光有些呆滞。

刚子看着自己的女人，一字一句地说："你不要去招惹他，我不想再和他有什么过节。"女人不再言语，只把一个温软的身子迎上去，心里却拧了一股绳。

乘刚子走深圳送苹果，女人迈着小碎步就去了。

几间平房，院落不大，收拾得很干净。屋檐下几株月季怒放，飞舞着几只蜜蜂。左侧三间偏房，玻璃为墙，长纱垂地。门框左右石刻一副对联：任尔东西南北客，此事不关风与月。进得房来，三十几个平方米的样子。中间是操作台，北面靠墙是做好的各种旗袍，如意襟、斜襟、双襟；高领、低领、无领；丝绒的，真丝的，织锦的；樱桃红、蟹青、海蓝、杏黄、烟紫等，色彩不一。每一身旗袍宛如一个妖冶的女人。女人看了心里更痒。

"做旗袍吗？"音若金属，尾音若钩。女人的心像给热手捂了一下。身矮体胖，浓眉大眼。让女人感慨万分的是，男人却有一双好手，手掌阔大，五指修长，饱满细腻，此刻正悠闲地握一把软尺。女人有些慌乱。

女人很快选中了一块小花、素格、细条的丝绸料子。

裁缝知道他是刚子的女人,动作有些犹豫。裁缝张的软尺比常见的略厚,金黄色,软硬适度。量到乳房、臀部这几个突出的地方,略微一紧,一松,女人心里一紧,一松,舒服得不好说。裁缝一双手鱼一样在女人身上游走,颈项、手臂、胸、小腰、臀,一路下来,却并不记在纸上。结束的时候,擦一把细汗,小声地说一句:"旗袍将是另一个你。"女人心里颤悠一下,身上出一层细汗。

这时,女人似乎听到一声叹息,回头看时却没人。

正要出院门,女人感觉有人盯她。回头看时,正屋门口站了一个女人,清秀端庄,宛若旧时的大家闺秀,眼神却飘忽不定。女人对她一笑,心里就奇怪:她怎么不穿旗袍呢?

七天以后,女人刚穿上新做的旗袍,刚子回来了。

女人分明看到刚子的眼猛地一亮。其实刚子最初喜欢上她,也是因为那次她穿了旗袍。刚子的眼却没亮多久,一张脸就变黑了。刚子一言不发,转身就走。刚子一夜未回。

女人细声细气地哭了一夜。

天刚放亮,有人跑来告诉女人,刚子给带走了。刚子剁掉了裁缝张的两根手指。

在看守所里,刚子还黑着脸,却有几分安详。

"刚子,侬啥事体嘛?"女人依然期期艾艾。

"别去招惹那个裁缝,好不好?"刚子一脸苦楚。

在看守所门口,女人遇到了裁缝家的那个女人。

"我来看看刚子。"她好看地一笑。

女人意外地看到,她穿了一件黑色的丝绒旗袍。

女人点线分明,华贵而典雅。

蛇

有一年初秋,张军家里出现了一条蛇。

那天,张军从地里回家,放下扁担、镢头,觉得院子里多了点什么,就四下里瞅。媳妇勤快,院子里收拾得干净利索,常用的家什,固定的,经常挪动的,都在位置。所以,张军没费事儿就发现了那条蛇。蛇很粗,蜷在北屋墙根晒太阳,盘成蚊香的样子,瞪着眼看你,青皮,平头顶，肉鼓鼓的，蛇信子簌簌地响。张军努力稳了稳自己，僵着身子，倒退着，慢慢退回屋里。

张军没有伤害它。在坡里干活，见到蛇、青蛙、蜥蜴等，都不动它，任其不紧不慢地跑掉。活得好好的，干吗要伤它呢。蚂蚱例外，这东西糟蹋庄稼。边干活边随手捏住，串成一串，拎回家去，炸得焦黄，油汪汪的，陪上二两地瓜干子酒。

回到屋里，张军告诉妻儿，墙根有一条蛇，别惹它，也别伤它，兴许有毒。妻子当即乱了套，儿子却欢呼一声，跳出门去，看了一眼，旋即弹回来兴奋地跳高。

一时相安无事。

只是妻子有些神经质，去南屋拿喂猪的麸子、地瓜面，用木棍挑开盖子，里外看个够，生怕里面弹出一个蛇脑袋。到院子里喂鸡、喂鸭，到猪圈里喂猪，也是东看西看，看了地面、看墙角，看了树上、看墙上，确信蛇没出来，才去做该做的事。

隔三岔五蛇就出现，就像五天一个集那样守时。也不知它从哪个墙角或者屋檐上出来，只是蜷在那儿睡觉，哪儿也不去，像一个听话的孩子。媳妇几次央求张军把蛇赶走："咱不伤它，让它离开就行！"隔一日，又是烧香，又是磕头，嘴里还念念有词，央求那蛇自己走。张军给拦住了:"让它在这儿吧,它又没有固定的去处,来来去去的,别惹它就行。蛇在这儿,老鼠就没了。"果然,没有老鼠出现,晚上就少了老鼠打架的惨叫,啃门框磨牙的"咯吱"声,也没了。

儿子每天一放下书包,就到处找蛇——蛇呢?蛇呢?老友一样。有一两回,媳妇见儿子蹲在地上,和蛇面对面地瞪眼,吓得浑身哆嗦。儿子却不怕,小脸激动得通红,回头喊娘:"娘,娘,蛇吃什么?""吃鸡蛋。"儿子跑回屋拿一个鸡蛋,咕噜一下滚到蛇嘴边。儿子竟养上了。

嘿,养着!这又不是一头猪。现在农村人都不养猪了,盖新房也一块盖了猪圈。但是不养猪,用做人拉撒的厕所,舒服,安全,避免了过去如厕时人猪同圈的尴尬,还有猪急不可耐地哼哼。但张军还养猪。张军的一百多棵红富士,指着这两头猪攒粪。如今的农村,种小麦、玉米,栽果树,全靠化肥,把地喂死了,都快成石板了,镢刨不动,锨挖不进,不长庄稼。越是这样,化肥越是一年比一年多,毒瘾发作一般。所以,张军一直用土肥。养地。

两头猪长到三百斤左右,时间也到了农历的小年,就该卖了。现在的人嘴刁,鸡鸭鱼肉吃多了,也就有了讲究,专拣农村家养的吃,比如鸡,还有猪,为啥?香,耐嚼,没激素,让人吃得舒坦,舒坦得不打折扣。还有名分,一律叫笨鸡、笨猪。

精明的猪贩子，看准了这个市场，走街串巷，挨个敲门，猪和鸡都要，贩卖到城里，挣钱很足。猪贩子用三轮车，一次只能收到三两头，也能挣几百块。自己杀了卖肉，挣得更多。杀猪的多肥头大耳，或尖嘴猴腮，走路噔噔噔，有劲，嗓门大，气也粗。看到有合适的笨猪，长脸阔脸胖脸瘦脸总是笑眯眯的。价格是要争论，到最后，三五十元的钱，随手一扔，很大方。

村里人对猪贩子很尊重。他们肯出价。猪贩子的眼特毒，瞥一下，就喊出大差不离的斤两，知道出多少精肉，多少肥膘，多少下水，猪皮能卖多少钱，两分钟内，估摸出这头猪到手能挣多少票子，都成精了。但是，不到要卖的时候，猪是不让他们看的。咋说？有毒，啥有毒？猪贩子那两眼。让他看一眼——不要了！太瘦，不出肉！好吧，那猪当天就只哼哼，不吃食，一个劲地往下掉膘——吓得！猪贩子一年要去多少猪的命呀，猪阎王啊！

他们也收病猪、死猪。一头好好的猪，活蹦乱跳的，突然就病了，蔫头耷脑，不吃不喝。兽医也找了，村里的、镇上的。灌药，拿筷子撬开猪嘴，往里灌。打针，那针管比擀面杖还粗。忙活几天，扔上百八十元，还是吐着白沫死了。死猪身子还热乎呢，猪贩子就来了，千里眼一样。

疼得自己掉肉的样子,唏嘘慨叹着,围着死猪转一圈,喊出一个价。女主人就哭出声来。猪贩子咬牙跺脚,指天骂地加上几十元,抬上车,走了。二百多斤的肥猪,就这样瞎了,白辛苦一年。

霜已经下过两回,树枝间的缝隙越发大。有一天,张军从外面喝酒回来,碰到变了样的媳妇:"刚才有两个猪贩子来看猪,在猪圈里站了一会儿,嗷地一声跳出来,脸煞白,嘴直哆嗦,说是有蛇,跑了。"

"谁让他们看的?"

"偷着进来的,我听到动静,已经在猪圈里了。"

张军飞进猪圈。没见到蛇。地上只有一个干净纸包。打开,是白色粉末。到卫生室找到村医,用手一捻,闻闻,说了一句话:"毒饵。慢性的,四五天就要命!"

张军撒腿去找那两个猪贩子。

胡同里,空荡荡的,只有风推着一堆枯叶……人,早就跑了。

偷 食

地瓜面煎饼我们叫它黑煎饼,玉米面煎饼我们叫它黄煎饼。

我和张里是吃黑煎饼长大的。

黑煎饼烧胃,胀肚子,大便黑而困难。黄煎饼就不同,它有让人晕眩的黄色和香味,而且大便顺畅呈黄色。张里他爷经常吃黄煎饼。用张里他娘的话说,你爷干活最累,所以吃黄煎饼。张里和他六个姐姐,都吃黑煎饼。我永远记得张里他爷举着黄煎饼的样子,黄煎饼在张里他爷的黑手里攥着,攥得我的心生生地疼。我只能干咽唾液。那天,我咽下两个黑煎饼,去叫张里上学。张里从他家的粪篓里掏出一个黄煎饼,掖在怀里,拉着我飞进村南的小树林。张里对我说:"我偷的,咱俩分着吃了,千万别说,俺爷能敲死我。张开手接着,别撒了。"我大张着两只小手,张里小心翼翼地撕开,把大一点的一块递给我。我双手端着大半个煎饼,兴奋得发晕。吃下第一口,我浑身战栗。尽管那半张煎饼上还粘着几点黑黑的猪粪。

那是我和张里童年的事。说着说着就长大了。

张里是属于绝顶聪明的那种,用村里人的话说,家里最小的一个,是他爷他娘积攒力量要来的,所以最聪明。事实证明,这话有点道理,我们的初中三年,张里一边玩一边学,没费什么力气就读了中专,上的是省城一个银行学校。你想想,20世纪80年代后期,农村能到省城读中专的有几个?而且学的是数钱的专业,参加工作后天天对着钱。村里的老少爷们想到这一层,眼球里都像铺了一层青苔,绿莹莹的。我笨一些,只能复读了一年,然后上了高中,等到我费尽力气考上一个专科师范,到一个乡镇初中参加工作时,张里已经是我们那个市银行管着往外发钱的科长了。张里给我打电话,说黄煎饼天天吃,但是很小,四四方方的,小巧玲珑的,什么时候你来,我请你。我就笑,然后心就不听话地乱跳。

据说局长们、县长们都盯着张里的钱,苦于没门路。但我对于我和张里的关系,闭口不谈,熟悉的人问起来,我只是说已无往来,他们都信,因为我现在只是一个普通的教师,尽管他们都说我有沉鱼落雁之貌。就是让那个色眯眯的校长扣了奖金,压迫着教两个年级12个班的课,我也没有找张里帮忙。

在我结婚的那一年，我见到了张里，是张里组织的初中同学会。在这之前，我几次梦到过他，他的高大魁梧，他的递给我黄煎饼的修长手指。那一次，是在市里最好的一家酒店，我去的时候，张里正在和一个小姑娘说笑，她不是我们的初中同学，但比我们的初中女同学要漂亮得多，包括我。我注意到张里修长的手指，它们正夸张地趴在小姑娘的肩上。张里看到我的时候，眼睛绿了一下，过来就抱住我。当我在他怀里战栗时，我听到张里说了一句话，张里说："有男朋友了吗？没有，就跟了我吧。"我迅速逃出他的怀抱，虽然我曾经渴望过。我笑着说："张里，你太白了，我不喜欢白皮肤的男人。"然后我对着他哈哈大笑，其实一个好女孩不应该那样笑的。

酒宴的始终，我一直听到张里高涨的声音。他的声音过于夸张，修长的五指张牙舞爪。他对我们的男同学们说："放心玩乐，有你们想不到的快乐。"那一刻，我正举着一块黄煎饼，就是张里说的那种，四四方方，小巧玲珑，有着让人晕眩的黄色。听到这话，我差一点忍不住吐，好像十几年前那块煎饼上的猪粪才开始散发臭味。我看到张里歪歪扭扭往楼上走的时候，我彻底改变了主意。那次聚会回来，仅半年时间，我就和一个同事结婚了，这更说明了我笨。

起个名字叫雀儿

我是经常回老家的。回去就有人说我，还有张里。说张里的时候，全村的人就一个表情，馋，就像当年我在张里家里眼馋他爷的黄煎饼一样。我就强装笑脸，历数自己的学生，还有自己的一大摞证书。张里他爷已经不在了，那个全村第一个吃黄煎饼，也是吃黄煎饼最多的人，在张里飞黄腾达的时候溘然而逝。在村里我也见过一次张里，他因臃肿不再魁梧，修长五指变得短而白，那时他已经是副行长。看到他艰难地把自己塞进小车时，我的心不再有以前的疼痛。这真的很奇怪。村里的老人们说你看张里多出息，又白又胖，我就说是啊是啊，多少年才出一个张里啊。

后来再回去，就没人跟我说张里了。"张里给逮住了。"这是张里他娘跟我说的。我经常去看她。那个慈眉善目、养育了六个女儿、一个儿子的老人，抓住我的手对我说："妮子，你替我去看看张里吧，我走不动了。"她坐在夕阳里自言自语。"张里那么听话，他怎么会拿公家的钱呢？他媳妇来闹腾我，说张里还养着二奶，我都听不懂。他是不是让城里的媳妇给祸害了？妮子，到底张里咋了？"

隔着一张厚玻璃，我见到了张里。我带去一摞黄煎饼，是张里他娘给的。她说张里都当上官了，还是喜欢吃她摊的黄煎饼。张里看到黄煎饼，竟然笑了一下。张里对我说：

"我还配吃黄煎饼吗?"他脸上的肉太厚了,其实你根本看不出他在笑。

走出来那扇大铁门,我才想起给他买的那盒烟。大中华牌的。那次聚会后,我知道他喜欢抽这种烟,但我不知道它贵得这么离谱。

我回去时,张里还没回监号,我看到他正把一块黄煎饼往嘴里摁。

那一刻,张里像极了一个偷食的孩子。

消　失

男人的活全在这一个腰上。父亲对我说完这句话,扭头看了看脸色红红的母亲,挤了挤眼睛,然后得意地举起了镢头。

那是一个秋日下午,我们正在刨地,应该是他们,那时我还没有本事把镢头举起来。但是,我信服了父亲的这句话,你看啊,父亲在掌心吐一口唾液,抹一把,两只大手掌一前一后,紧紧抓住撅把,高高地扬起亮闪闪的镢头,痛快地送进土地,随着胳膊上条状肌肉的收缩,一块巨大的土块被掀起来,"嘭"的一声砸碎,随后平铺镢头,左送右拉,一片平整松软的新土就出现了,扑面而来醇厚新鲜的味道。整个过程,父亲不用大幅度地移动双脚,只靠左右扭动的腰和双臂的配合完成。年轻的父亲赤裸上身,汗水肆意流淌,他宽厚结实的后腰,闪动着黝黑的光色,给了我快快长大的冲动。

那个冬天,妹妹出生了。父亲对母亲说:"我们有儿有女了,得离开这个大杂院,给孩子们一个新家。"那时,我们和两个大爷、一位叔叔的家庭近20口人,挤在一个院子里,杂乱而肮脏,因为玩具,因为食物,孩子们的争吵和脏话不绝于耳。母亲是一个没有太多言语的女人,她听父亲的。

父亲说做就做。跑到大队书记那里,软磨硬泡地要来了宅基地。他准备进山放炮采石的时候,因为和邻居伐树,砸伤了腰,造成骨折,在床上躺了一个冬天。

养好伤后的那年冬天,父亲钻进村后的大山,找到一个避风的山脚,放炮开石,准备盖房子的石料。我经常看到父亲弯腰屈膝挥锤采石的情景,他的动作简单而干脆,单调的锤声迎合着肆虐的风声。父亲上身穿一件单衣,高挽着袖子，巨大的石坑被他的体味熏染得温暖而干燥。每开出几块石头，父亲就一块块地抱起来送到坑外的缓坡上。我曾经触摸过那些巨大的石块，冰冷和坚硬毫不客气地粘掉了我指尖的嫩皮。新年的鞭炮声响起来时，父亲已攒够了三间屋的石料。细心的父亲把石灰水洒在石堆上，防止被人搬走，然后回家过年。

年后正月初九日，父亲焚香烧纸，放几个鞭炮，修理了那辆赖以载重的木架子车，哼着谁也听不清的小调，走进了大山。他要把那些石料搬到新的宅基地里。父亲高大魁梧的身体，舒展或者紧绷，磨平了山路两侧的砺石。他坚定有力的脚步声，刹车的吱吱声，粗重的喘息声，赶走了田野的寂寥。父亲脸上的汗水冻成冰碴，手上的伤口一次次裂开，父亲浑然不觉，他周身散发出无法抵挡的快乐。

石料搬回来了。趁着地面没化冻，父亲把年前从猪圈里清理出来的土肥，运到地里。然后请来石匠、木匠，开始盖新屋。新屋落成后的一个早上，我看到了父亲面对新屋默默抽烟的身影。我对他说："爷，你的腰弯了。"父亲回过头来，灿烂的一笑："没事，吃了你娘在这儿摊的煎饼，很快就会好了，哈哈。"那是1987年的春天，我上学了。

读高一的那年，妹妹读小学。父亲对母亲说："孩子们的学费贵，咱们收入少，我买辆二手拖拉机，忙完农活，到外村转转，用挂面、小米换粮食卖，抓挠几个钱，供孩子读书用。"

车买回来了。父亲学开车，父亲进货，父亲下乡了。周六或者假期，父亲允许我跟他下乡，说是锻炼锻炼。那时我已经16岁了，胳膊腿略显粗壮，很有些男人的样子了。每天换来的地瓜干都用麻袋装好。一麻袋是100斤。生意好时，一天有二十多麻袋。最累人的是往车上扛麻袋。当我挺腰憋气把一个麻袋甩到背上时，却被父亲拽下来，说没经过锻炼怕伤了腰。让我不安的是，我感觉到父亲的衰老。一开始，父亲双手抱着麻袋，往车里放。麻袋越垛越高，就让我和他抬着往上扔，再高了，父亲就打上垫板，我帮他放到背上，往车上扛。好几次，看到父亲左右踉跄的脚步，在垫板上前后摇晃的身体，我被吓出一身冷汗。父亲擦着汗，沉重地喘息着，对我苦笑："年轻时，拾起来就扔到背上了。"然后叹口气。父亲走街串巷，一干就是六年，直到我参加工作一年后，坚决让他停下来。父亲买车时45岁了。他挣的钱供我和妹妹读完大学。

我知道，忙忙碌碌的父亲慢慢老了。当我毫不费力地扛起那个麻袋时，我感觉到了父亲躲闪的目光。

2005年春天的一个下午，我正在单位上忙活，意外地接到了父亲的电话。平常父亲都是打电话到家里,和我儿子拉呱逗乐。电话打到单位,还是第一次。父亲叫着我的乳名,声音缓慢迟疑,似乎正强忍痛苦,他说:"我最近腰疼得特别厉害,不敢弯腰干活,夜里疼得睡不着,想到县城的医院去看看,我自己去怕找不着头绪,你能不能和我去一趟?"妹妹远在另一个城市。自然我必须去,工作十年了,父亲还是第一次和我提要求。但那几天实在脱不开身,我就和父亲约好时间,让孩子妈妈陪他去,恰好一个同学在县医院,也放心。电话里父亲迟疑了一下,说:"好吧。"

那天妻子回来时,我正和儿子吃中午饭。

"咱爷的腰病很厉害,原来的骨折未完全愈合,还有骨质增生、椎间盘突出。你怎么没和我说过他的腰骨折的事?"我的动作和表情一下冻住了。

"他不肯到咱家来。我坐上车的时候,咱爷还站在售票处的一边,我看见他拿着那张 CT 片子哭了。"

我放下馒头跑到阳台上。

客厅里。儿子在问她妈妈:"俺爷爷哭啥?妈妈。俺爸爸怎么也哭了?"

小学生马小明

刚入冬,天就冷得邪乎。

一楼政教处前面空地上,围一群人,吵得厉害。其中一个男青年的声音最大。三十出头,头发脏而乱,手指甲很长,有点结巴,气急败坏的样子,食指点着中间一个瘦弱男孩的额头。

"不是不打啊,上一次我把他绑到树上打,唉,已经两次了,不打不行。"青年人越说越来气,扬起胳膊,众人还没反应过来,清脆的一记耳光,男孩一个趔趄,退了两步,倒在他身后的老师身上。

"不准打孩子。"一旁的老师喊了一嗓子。

男青年依旧不解气,当抬起了一只脚时,被人拉到办公室去了。

男孩羸弱的身体抖得厉害,却一直没有哭。不断地偷看他的班主任,又侧过头去看学校大门。

班主任很年轻,工作才一年多,上上下下干净时尚,两手抱肩和几位老师围着男孩。又有一位急急地跑过来,看了一眼,问:"怎么了?"

"上学期已经有一次了,偷拿家里100块钱,他爸爸怎么打也不说,我也问不出来。"一听是偷家里的钱,几位老师脸上就舒坦开了,纷纷用责备的目光看那男孩。

男孩不说话,看着脚下的水泥地,偶尔侧头去看学校大门口。

"下第二节课后,我到小卖部去,看到马小明又拿出100块钱买东西,我把钱给要来了。"

男孩叫马小明,学校小学部二年级学生。

大概因为抓住了自己学生的偷窃行为,年轻的班主任有些激动,脸上微微发红,兴致勃勃地向同事解释。马小明看了看班主任,吸一下鼻子,又侧过头去。

马小明的爸爸从办公室出来,和班主任握握手,一脸的羞愧。喊了声:"回去。"一把拽住男孩细细的胳膊,往前一送,男孩一个趔趄。随即紧跟上一步,手掌在后背上一推,男孩的头猛地向后一仰,身子往前扑,趴在水泥地上,摔得"嗯"的一声。孩子爸爸弯腰去抓,却被一只手拉住了。

"不准这样对孩子。"老师们一看是校长,都默不作声了。花白头发,嘴角带笑,目光威严,是校长。老校长扫了一眼，声音有点大："老师们都回去！"

"你去忙你的，孩子交给我。"老校长拍拍年轻人的肩膀。年轻的父亲没说话，瞪了一眼，狠狠戳了一下男孩的额头。"周三下午回家别想吃饭。"一边不断骂着出了校门。

校长走进政教处，一会儿出来，喊："马小明，走，跟我走。"

马小明低头垂手地走进校长室。

"说吧，怎么回事？"老校长威严的声音。

男孩哆嗦了一下，没有应声。

"不说话？我替你说，大人辛辛苦苦挣来的钱，能随便偷来乱花吗？"

"我没偷。"男孩抽泣了一下，又小声重复一遍："我没偷。"

"没偷？钱长脚了，还是长翅膀了！"老校长重重敲了两下桌子。"我没偷。"男孩的声音更低了。

老校长考虑了一会儿，踱到男孩身边，温和了声音说："马小明，抬起头来。"

"我把你救出来了，你该帮我做件事吧？"这个正对他眯着眼笑的老头让他心慌。他打量了一圈，提起暖瓶，走到办公桌前往校长杯子里倒水，因为冷或者惊吓，显得很吃力。

"你很聪明。"马小明挤出一丝笑容,咬了一下嘴唇。老校长的心一动,把男孩的双手捂在自己的手掌里,一双小手很凉。

"你瞧你的手,又细又长,将来准适合当钢琴演奏家。"老校长分开他的五指,仔细地看着。

"想过当钢琴家吗?"老校长把手放到孩子的头上。男孩窘迫地摇摇头,吸一下鼻子。

"当钢琴家就需要你这样的一双手,又细又长,又灵活。"

"你的手就适合演奏钢琴。"老校长接着说:"可得好好爱护,别让它干坏事。"

男孩眼角挂着泪珠,看着微笑的老校长。

"你不是坏孩子,你有委屈,我知道,能和我说说吗?"

男孩的眼泪下来了。开始抽抽搭搭地哭,一会儿就成了连续的"呜呜"声。

老校长揽住男孩的肩头:"你爸妈挣钱不容易,你以后用钱,和我说一声。"

"我不……用钱,我给我……奶奶买吃的。"

"你奶奶?"老校长的眉头舒展开来。

"她没东西吃,爸爸妈妈不管她。她每次到学校里来,我就给她买东西吃。"男孩突然想起什么，快步跑到窗前，带泪的脸上立刻露出欢快的笑容："你看，我奶奶。"

学校门口，一位白发、干瘦的老人，正向校园里张望着。老校长有印象，七十多岁的样子，颠着一双小脚，经常到学校来，在运动场东侧的垃圾里捡废纸、塑料和老师、学生扔掉的馒头，有时边捡边吃。

身边的马小明，跷着脚，两手紧紧抓住窗沿，脸上写满依恋。

"去吧，把你奶奶叫来，外面冷。"老校长笑了。

"哎。"男孩马小明用袖子擦干泪，欢快地答应一声，飞跑出去。

听着急切的下楼的脚步声，老校长端杯子的手微微地抖着。

这个世界上没有坏孩子。老校长想到下一次教师会的主题。

哑 巴

在北方的丘陵地带，槐树像山里的汉子一样随处可见。笔直或者弯曲的干，蓬松的树冠，细碎的叶子。想到槐树，最多的还是槐花，它救过很多人的命。饥饿年代，最常见的吃法是熬稀粥，饿极了，捋几把摁到嘴里，也能充饥。

小村后面的山上，是一大片槐树林。从山脚一直到山顶，绵延数里。读小学时，经常去那儿，离村子并不远，而且在沂河岸边的山上，渴了，可以下山喝水。山上的槐树底下好乘凉，可惜的是，树底下多是及膝的茅草，石块都在草下，这种情况下，很少有蝎子，蝎子通常都在通风较好的石块下。但是，偶尔，会在一截腐烂的槐树杆上，发现一簇簇的蘑菇，槐树蘑，越嚼越有味道的那种香。通常我们都是在这儿凉快够了，才去别的山上逮蝎子。

那时，上山还有一件事情，打柴。但是你别想动着北山上一根茅草。哑巴在那儿看林子，主要任务就是这一片槐树林。哑巴啊啊的叫声，响彻山谷。比我们大点的孩子，

起个名字叫雀儿

给他吓得苍白着脸,到处跑,免不了逃过河去,很久不敢过河回家。

哑巴幼小失父,其母矮丑就没再改嫁。哑巴的哑是娘胎带来的,打小只会啊啊,只会傻笑。小时候打架很凶,长大了干活很卖力气,经常见他推着一大车玉米,或者麦子,在很陡的坡上,一个人慢慢地往上拱。待到超过他,回头看时,他总朝人笑一笑,脸上的肌肉累得变了形,嘴角不住地往下流唾液。朝人啊啊两声,意思是叫别人快走,天热。他的皮肤直接是黑的,胸膛上没有多少肌肉,像车上一把干枯了的麦子或者稻草。

现在想来,他更像一棵槐树,虽瘦,却铁一样硬。

他很喜欢孩子。见到孩子,就嘻嘻笑地凑上去,想碰碰孩子的手脚,但往往不能如愿。他啊啊的叫声,紫红的牙龈,乌黑的牙齿,把孩子吓得一个劲地往后躲,往往让石头磕了后脑勺,哭个没完。而且年轻的小媳妇也不愿意,以为他有坏心,若是给孩子的父亲看到,就会挨上一脚,或者一顿怒骂。

哑巴很不满,只能啊啊几声走开。哑巴和老娘相依为命,老娘年龄大了,吃饭穿衣没法讲究,人就更显黑瘦。哑巴待人很热情,见到谁都打招呼,啊啊地和你说话,指指肩上的担子,告诉你高粱熟了,往远处指指沂河,那意思河里有鱼,还停下沉重的步子,用下巴夹住扁担,两个手掌立起来,比画鱼的长短胖瘦。心善的点点头,笑一笑,不着调的脸一黑,喊一声就你能。他也不在意,歉意地笑笑,吐口唾沫,正正担子,吱嘎吱嘎地往前走。

在我们村,哑巴大概是最寂寞的一个灵魂。

哑巴有时候较真。大伙堆在树荫下歇凉,都拿他取乐。使绊子摔他,他不恼,啊啊笑着和大伙闹够。掰手腕,大伙挨个和他扳,输了,很难为情地笑一笑,退到一边。有人脱他肥大的裤子,掏他的裤裆,他杀猪一样啊啊叫着,和人拼命。哑巴给村里很多人家干过活。土地承包后,地里收成多了,劳力少的就干不过来,叫上哑巴干一天,不过管两顿饭。哑巴抽旱烟,不喝酒,很能吃,更能干,干活的狠劲儿让人担心他的瘦身子,推车、担担、刨地,一住不住,主家蹲树荫惬意地抽完一根烟的工夫,二分地平平整整地刨好,往外冒新鲜气。

槐树长到胳膊粗细,能用了,砍回家去做镢把、锄把、锨把,结实有弹性,耐用手感好。山上的槐树就经常丢。没人肯去挣那几个工分。村里的书记找到哑巴家,指指后山,指指院子里的树,拿几个砍树的动作,哑巴就明白了,啊啊地拍响胸脯,去了。垒两间青石板小屋,把老娘搬去,把猪鸡猫狗都弄去,在沂河岸边山脚下,安家了。

起个名字叫雀儿

哑巴和老娘在那儿住了五年，山上的槐树成材了，两只大人的手掌合围，左手中指碰不到右手中指。一座山给槐树的葱茏遮住。哑巴啊啊的叫声在村里听得很清。

哑巴说死就死了。哑巴死了，老娘没办法，又搬回了村里的老屋。

那一晚那么大的雪，那么大的风，哑巴上山干啥？

哑巴一个，耳朵倒是灵性，山腰上有人砍树，他怎么听到的？顺河风那么大？是外村的，逮住了，还是前村谁谁他小舅子，老来沂河里电鱼，经常在哑巴那儿喝水、抽烟，那一晚，哑巴死前他们还一块抽烟呢。

哑巴的老娘说睡着了，天太冷了，风又大，不知道他又上山了。平日他老是在山上转。那晚那么大的雪，他又上去了。偷树的那些人把他的头打烂了，淌下来的血把他冻住了，他靠住一棵槐树，站着死了。

村里的书记是哑巴的一个叔伯哥，跑上跑下地给哑巴办烈士，跑了几年，办没办成，也没人再问了。

老娘死后，埋在哑巴他爷的坟里，哑巴埋在一边。不知是谁，在哑巴的坟前栽了一棵槐树。现在去看，还枝繁叶茂地立在那儿，哑巴就在树荫里。

馋　狗

刘好打小不吃萝卜丸子，也不是打小，是十岁以后，见了萝卜丸子就骂，骂的什么话，只有他自己知道，别人谁也听不清，刘好和我好成一个人，他都不告诉我他骂的什么话。现在回忆他呜噜呜噜骂人的表情，我就想起《指环王》里的那个半人半兽的咕噜，丢了指环后，骂人的那个恶狠狠的表情。

你可以想象到刘好的恶相。很恐怖。

平时刘好不骂人。刘好继承了他爹的矮个子和扁长脸，眼小嘴大，总之不太好看，刘好的娘经常说刘好，说他以后找不上老婆了，只有一次，刘好白了他娘一眼，反问了一句："俺爹怎么找上老婆的？"把个子更矮的娘呛了一个跟头。安乐村的矮个子男人都嘴硬，看来不假。他们是用嘴来弥补个子矮的不足。

我和刘好打小在一起，说实话，我对他有点依恋。有一回，我发高烧说胡话，说的全是刘好刘好，我娘说刘好去他姥姥家了，没在村里，我对我娘说我刚喜欢刘好。我娘说知道知道，他回来我就叫他来。那时候我们还没读小学。刘好的个子矮，但是有一个好处，打小胳膊腿粗壮有力。我们读小学后，经常去山上打柴，有时候是砍树，有时候是割草，到最后都是刘好给我背回来，两大捆柴，他拢到一块，像背着一座山，迈着四平八稳的步子，吧嗒吧嗒就到家。从后面看，只见一捆柴在动，看不到人。

我俩在一起的时间最多，但我一直不提萝卜丸子。

萝卜丸子也不是说吃就能吃上，是只有过年的时候才能吃到，对我们来说，那就是我们过年的肉。那时候，浑身是馋虫的我们，是万万吃不上肉的，鸡狗鹅鸭猪牛的肉，那是天上的星星，亮晶晶的，你只能看一眼，看第二眼就会挨骂。若是夏天秋天，我和刘好还可以吃到鱼蚂蚱青蛙们的肉，但是，一入冬，你去哪里找它们？所以，要是能吃上萝卜丸子，那就相当于吃肉。什么时间能吃上萝卜丸子？

腊月二十八下午。就是这天下午，家家炸菜过年。

那时暮色四合，炊烟袅袅。爹和娘在饭屋里炸菜，我蹲在饭屋外，瞪眼瞅着，我知道那些炸猪肉炸鸡肉是没我的事，我就对萝卜丸子瞪眼。

萝卜丸子，大小若我爹的酒盅，色如鸡蛋黄，没法描述那个香，我是闻到那个香味就晕，现在闻到萝卜丸子的香味，还是晕晕的，就是那时得下的病。你也别想吃个够，村里大部分伙伴，最多吃两三个，让嘴唇舌头腮帮子等一干家伙香一下而已，食道捞不着香，因为到食道那里已经没有滋味了。想喂饱肚子？想都别想，你看看伙伴们的爹阴沉的脸就知道了。所以，第二天一大早，我往刘好家跑，刘好往我家跑，目的只有一个：问问吃了几个萝卜丸子。跑得太急，我俩在拐角处碰了个头对头，一见刘好我就问："吃了几个？"问完这句话，我额头上的疙瘩就出来了，眼泪也往下流。刘好的劲大，额头也硬。有一次，他站在讲台上不肯回答老师的问题，高个子老师撸着他的脖子往前一推，劲大了点，把刘好的脑袋撞黑板上了，把木头黑板撞裂了缝，刘好的头却好好的。

刘好也就是能吃到两个。刘好他爹是老嘎咕。这么说他的过日子吧，晚上吃饭，从不点煤油灯，嫌费油。一家人攥着地瓜面子煎饼吭哧吭哧啃，啃完了就坐着别动，或者是立即睡觉，否则还要消化肚子里的煎饼，更浪费。刘好他爹的小名叫留住，安乐村的人说话爱带上个"子"，所以刘好他爹的小名就成了留住子。村里老人教训儿子就拿留住子说事，指着留住子家的方向说：你看人家留住子，比你能干吧？比你能巴结（能挣钱的意思）吧？就是没有

起个名字叫雀儿

你能哆嗦。留住子是安乐村勤俭持家的榜样。

我们九岁那年的春节之后,就再也没见过刘好吃萝卜丸子,而且像我开始时说的那样,刘好一听到这几个字就开始骂人。腊月二十九那天早上我往刘好家跑,在拐角处,把村里的瘸腿医生撞倒了。他一时爬不起来,只好坐在地上骂我。骂完之后说刘好去镇上的医院了,吃了不熟的萝卜丸子中毒了。萝卜丸子里有爬豆,爬豆不熟那就是毒药。这点事刘好的爹娘还能不知道吗?后来我娘说那是刘好的爹故意的,怕刘好吃一个吃一个还要吃一个,就对刘好他娘说:"养了这么个小馋狗,给他一个不熟的,省得没完没了。"

读高三的那年春天,收到刘好的一封信。只有几个字:×月×日我结婚。刘好还是那么矮,他媳妇却很高,高出一个头去。我说这可好了,你儿子可以高点了。我说刘好你还不到结婚年龄吧,小心挨罚啊。刘好说不结不行了,孩子快出来了。我一直在注意新娘子的白脸,现在才看到一座大肚子。

我和刘好说笑,那边刘好的爹娘却吵起来了。我听出了一个大概,刘好的爹非要上一道菜:萝卜丸子蘸酱油辣椒,来代替肉菜的不足。刘好他娘不愿意,人很矮声音却高,一下子让刘好给听到了。

那时我正好扶着刘好的肩膀,离他太近,我看到了刘好狰狞的五官,十年来第一次听清了刘好骂人的话,他骂的是:"你这个馋狗。"语速很快。一遍又一遍地重复着。

在我们这里,馋狗的意思就是嘴馋的人。

陈司令吃煎饼

全歼敌军的时机已成熟。

通讯员小张把午饭拿来,陈司令正在洗脸。小张连连喊着:"水凉,水凉。"一边跑过去,端起脸盆换水。

"哈哈哈哈哈,行了行了,水不凉了。五月流火,石榴花开,再有二十天,麦子就黄了,麦黄杏也要熟了。"陈司令擦了一把脸,把毛巾递给小张。

"首长,你对这儿很熟了啊,还知道这个季节的作物成熟情况。"小张拿起水壶,要给陈司令泡茶。

"那当然了,我们在这里好几个月了,鲁中鲁南都是丘陵地区,一年四季都差不多。多熟悉这一带的情况,对我们取得胜利也是有帮助的。"陈司令的声音越发洪亮了。小张知道，为了分割敌人，打整编制师歼灭战的目的，陈司令已经熬了好几个通宵了。现在，终于把敌整编 74 师——那个不可一世的 74 师包围了，各打援部队已到位。

陈司令坐在桌子上，拿起一个地瓜面子煎饼，若有所思。一会儿，他回头问："小张，副司令吃饭了吗？"

"副司令员一步也不离作战室，饭是送进去了，不知道吃了没有？"小张也拿起一个煎饼。

陈司令把煎饼送到嘴里，用牙齿咬住，一咬没咬断。他从嘴里拿出来，端详了一会儿，自己嘟哝："咋回事？这煎饼吃了好久了，这次咋不一样了？"

又送到嘴里，用左边的牙齿咬一下，用右边的牙齿咬一下。这才咬下一口煎饼来，使劲咀嚼着。

"这是怎么一回事？"陈司令的眉毛拧成一个疙瘩。"以前吃煎饼不是这样的。"

陈司令站起来说："快去把那个蒲大志给我喊来。"小张跑着出去了。

蒲大志是村民，前一阵子给敌人修工事了。

陈司令走向前，拉着蒲大志的胳膊，到桌子前坐下，说："莫怕，莫怕，你去给敌人修工事，是被迫的。再说，你给了我们几个高地的地图，这就是大功臣吆。"

"首长,让我去打74师,你们的战士每天都在练兵喊口号,我也想去。"蒲大志低着头说。

"这不行,没有训练是不能上战场的,枪都不会打,只会白白送命啊,那样的话,我怎么跟你老母亲交代啊?"看着蒲大志不说话。蒲大志看着脚尖,头扭向一边。

陈司令爽朗地笑了。"你是怕村里人瞧不起你,没事,没事。不扛枪,可以抬担架。回头,让小张给你们那个村长说一下,你就当担架队的队长好了,这可是部队的命令。"陈司令看到蒲大志一下抬起头来,哈哈哈大笑起来。

他拿起一个煎饼,端详了一会儿,不得要领。只好对蒲大志说:"你给我说说,这个煎饼是怎么回事?怎么也咬不动,以前,我吃的时候,没有这个情况嘛。"

蒲大志笑了笑:"首长,这煎饼都干了,所以咬不动。要是玉米煎饼就好一点,干了也能咬动。这地瓜面子煎饼就不一样了,干了就咬不动。您以前吃的地瓜面子煎饼是热的,所以软和好咬。"

陈司令笑了:"哦,我还以为它专门欺负我这南方人呢。"

小张插嘴说:"大战在即,所有参战部队,都是吃地瓜面子煎饼。已经都送到前线了。"

"那不行,吃饭这么费劲,怎么吃得饱?吃不饱,怎么收拾敌军呢？"陈司令转了一圈。又坐下来。

"北方的战士可以克服一下，南方来的战士怎么对付得了？"他眉头又拧起来。

"可以泡着吃，"蒲大志看了一眼陈司令，继续说："把煎饼用菜汤或者水泡着吃就行了。"

陈司令的眼睛一亮，一拳擂在蒲大志胸上。

陈司令拿起一个煎饼，递给蒲大志，指了指桌子上的汤碗。那是一碗蛋花汤。蒲大志左手拿煎饼，右手撕下一块来，放到汤碗里，用筷子往菜汤里一摁，夹起来放进嘴里，没见他怎么用力咀嚼，就咽下去了。

陈司令越看越高兴，一个劲地说："吃，吃，吃完它。"一个煎饼一会儿就吃完了。

"哈哈哈，好极了！各个前沿部队，每顿饭必须有汤，蛋花汤。"陈司令把大手一挥。

蒲大志说："最好还有辣疙瘩咸菜，吃了有劲。"

陈司令一下站起来，走了几步，把手指头竖在脸前说："小张，你去跟作战室说，让副司令泡煎饼吃。他也是南方人嘛。"

紧接着说："还是我去吧，这个通知要下到所有的作战部队。"

陈司令借粮

陈司令扔掉烟屁股，做了几个扩胸动作，长出一口气，轻声带上门，向大门口走去。他不想惊动警卫员小张，没想到，小张等在大门外。

陈司令爽朗一笑，说："被你摸透了。"小张得意一笑："您高兴的时候，爱出去走走。"

一夜未睡，东方渐白。莱芜战役的胜利，长途行军的劳累，也无法让陈司令躺下来休息。他的身心浸泡在巨大的快乐之中。就在刚才，县委书记的一个电话，让他一下子兴奋起来。

"真是无法想象的事啊，几十万斤粮食，一夜之间就借到了。"陈司令又做了几个扩胸运动。

小张掏出一盒烟，抽出一支，要给陈司令点上。陈司令把烟盒和那支烟，都抢过去，把烟装进烟盒里。

笑了笑："先不抽了，这个村叫蒲家庄，有一位文化名人，虽然是古人了，咱们到他府外站一会儿，算是拜访拜访。"拉着小张的手就往前走。

陈司令说的这个人,是蒲松龄。清末的一个读书人,七十多岁才得一贡生,从此不第。但他勤奋,坐馆教书,村野卖茶,把道听途说的事写成小说,那时没出名,过去了二百多年,现在出名了。陈司令站在蒲宅外墙角,深深鞠了一躬,长叹一声:"这儿是文物啊,解放了以后要保护起来才对头。"

从蒲宅往回走,拐了几个弯。忽然传来哭声,听声像是老年女人。拐过一个屋角,借着渐亮的白光,看到一位老女人,坐在大街的地上,盘着腿,两手拍着大腿哭。陈司令在老妇人身后,听了一会儿,明白了。老妇人的儿子在那边,给国民党干活。老妇人的粮食给村里人征走了。

"你们吃了我的粮食,去打我的儿啊。"老妇人拍一下腿,哭一声,那哭音很长,还拐着弯,尤其最后一个字"啊",这个"啊"字拐来拐去,就像拉长了音唱歌,不过是哭着唱。沂蒙山区这儿,有人去世或者是碰到过不去的伤心事,很多老年妇女就会哭起来,或者说唱着一样哭起来,哭一哭心里就好受了。

小张近前扶那老年女人。老女人抬头看了看,抹了一把眼泪。一把抓住小张的手腕,急切地说:"长官,你行行好,把粮食还给我吧,家里就我一个孤老婆子,就那么点粮食啊。"小张一时不知所措，只好半蹲着身子，扭头看着陈司令。

"长官，我儿子在那边当兵，是我不对，我也是没办法啊……"老女人依旧哭个不停。

陈司令轻轻叹了口气。向前轻轻一步，用手掌碰了碰小张的胳膊一下，扬了一下下巴，意思是："回去。"然后抓过老女人的手说："我们是解放军，不能称长官的。老姐姐，你还是先回家吧，要不要我们送送你啊？"陈司令又附身轻轻说了几句话，老女人摇一摇头，叹口气。

老女人站起身，摆摆手，慢慢地走去了。

陈司令拿起话筒，又放下，看看天已亮透，对小张说："你也别睡了，去看看县委的陈书记，如果他没睡，就把他请过来，如果睡了，就不要忙着叫他，他忙了一夜了，比我们更辛苦啊。"

话音还在耳边，外面传来脚步声，又急，又重，咚咚咚。

来人一步跨进来。浓眉大眼，肩宽体壮，是条汉子。看见陈司令，敬礼，上前一步握住手："首长，晚上不敢来打扰你。休息得好吗？"陈司令哈哈大笑起来，说："你说话太快了，我听不懂啊。"这时小张跑来，说："首长，这是县委陈书记。"

陈司令赶忙把手抽出来,重新握住陈书记的手,说:"感谢你们,天寒地冻的,你们辛苦了。我代表指战员感谢老区人民。来,一块吃早饭吧。"

桌上是一盆面条,面条里有两个鸡蛋。陈司令拿起碗来,沉思了一下,问陈书记:"给群众打借条了吗?"

"打了,都打了,跟群众说好了,部队给养一到就还给他们。"

陈司令看着那锅面条,指着小张:"你把面条端上。"回头对陈书记说:"你替我去看一个人吧,小张会带你去。"

陈书记看到陈司令脸上不太高兴,不敢再问,随小张走了。

陈书记和小张回来的时候,陈司令正在院子里抽烟,朝阳照在他光亮的额头上,他微闭双眼,一动不动地站着。小张知道,他又在考虑打仗的事了。

陈书记上前一步说:"首长,我检讨。我们的工作没有做细,关于这位蒲大娘,他儿子是被拉去修工事的,也没有给她打借条,是我们的不对。我已经让村里去做善后工作了。"

陈司令缓缓回头说:"我们带着子弟兵打仗,流血,牺牲,可这些子弟兵是哪里来的?是孙悟空变出来的?"

陈司令的眼角湿润了:"人民给我们粮食,给我们送弹药，抬伤员，还要为去打仗的儿女担惊受怕，没有他们，我们不会取得任何胜利，还怎么解放全中国呢？"

"记住这个教训！"陈司令要去作战室，回头又说："蒲大娘的儿子回来了，告诉我一声，我要见他。"

笑了笑，大踏步走了。

电动三轮车

爹背着我，买了一辆电动三轮车。之前，爹有过这个想法，被我坚决制止了。七十岁的爹，手脚不再灵活，这个年龄开三轮，我不得每天揪着心？

有一晚上，我回家吃饭，娘炒了几个好菜，爹烫了一壶酒，慢悠悠地往酒盅里倒，说："我看还得买一辆小车，拉地瓜苹果，方便轻快，我以前开过拖拉机，和三轮车差不多的事。"

大概因为我是家里老大，爹有个什么事，就和我商量。读初二时，有个周六回家拿煎饼，就在那棵火红的石榴树旁，爹和我说想买一辆二手拖拉机。

他说："你早晚要到县里读高中，你妹妹要去镇上读初中，花销大了，得闹腾几个钱开支着。"

此前，因为盖新房，家里欠了一堆债，爹的担忧是对的。那天爹和我商量买拖拉机的事，我忘记怎么回答他了，或者一句话也没说，只是望着一朵火红的石榴花，掩饰自己的不安。但那一刻开始，我觉得自己是大人了。

后来，爹去当干部的大爷家借了八千元钱，买了一辆二手拖拉机，拉着大米小米挂面，下村入户换地瓜干，再把地瓜干卖出去，挣点差价。天一亮就出去，顶着黑回来。

正如爹所说，我在镇上复读两年初中，去县里读了高中，最后上了一所自费的大学。妹妹从镇上初中毕业，读了自费的师范。我和妹妹能完成学业，都是靠爹的勤苦和那辆二手拖拉机。

两年前，爹大病一场，我没有再和他商量，把一百多棵果树，换成了操心少的核桃树。但爹还有樱桃园，还有几块闲地，要按季节种地瓜玉米。

"自己吃着放心。"爹这么说，我就不好意思再说别的，好在家里的地也不多了。但是，玉米地瓜总得搬回家里，还要往地里拉肥料，坡长路远，靠推车挑担，实在是太累。这是爹坚持买三轮的一个尚方宝剑。还有一个最主要的原因，我心里非常明白，他买来三轮车后，一定去燕崖镇卖樱桃。

"燕崖镇是樱桃之乡，去收购的客户多，一斤要多卖一块多钱。"和我想的一样。

"我可以开车去和你卖，樱桃也不多，一次就卖那么几十斤。"我和爹商量。

"那可不行，早上四点多就得去卖，你还要跑几十里去上班，那可不行，上班就要有个上班的样子，心无二事的去上班才像样子。"爹摇摇头，又摆摆手。

这么一说，我就更不同意了。去燕崖镇要跑三十多里路，早上起那么早，路也不好走，有一段很长的盘山路。

"不能买电动车，我想办法去卖樱桃。"我明确了自己的态度。大概我已成家立业，说话有了底气，爹就没再说啥。

想不到，爹偷偷把车买回来了。淡蓝色，粗壮的车身，停在那棵石榴树下，石榴还没开花。再过一段时间，樱桃就要采摘了。

"买了一辆好点的，多花了几百元，很稳当。"爹手扶着石榴树，花白的头歪向我，一脸讨好的笑。

"那你可得慢点，去樱桃园的路太陡，来来回回是去沂河拉沙的大车。"既然已经买了，就让他高高兴兴的吧。

"去燕崖镇卖樱桃，晚一点走，别那么早，不就是少卖个块儿八角的。"

"行，行，放心就是。"爹用手摸索着车身，我感觉那手像在我的头上。

"村前的那块地，包出去了，承包费正好买了车，轻来轻去的，拉点东西，也怪好。"娘端着锅去饭屋，脚步轻快，一脸笑。还是怕我和爹生气。

"你可别坐车，不稳当。路又太陡。"我对娘几乎是喊了。娘瘦弱，只有八十多斤，坐在车上，我没法放心。开车的爹，坐车的娘，七十多岁的父母，在摇摇晃晃的车上，就成了我日日挂念的一件心事。

在单位，和同事说到老人骑电动三轮，同事一声大叫："可别叫老人家骑电动车。前天，我老家的邻居，七十多岁，从他家出来，到大路上拐弯，路很宽，就是没拐过去，直行下了地堰，胳膊压在车底下，骨折了。年龄大了胳膊腿不灵活了。不行不行。"

我听到这个，觉得心在使劲缩小，像给铁拳攥住。

有位长者说过，一件事在你心里念叨久了，不定哪天就会如你所愿。我不愿意此事如我所愿，但还是发生了。

一年后的一个下午，爹去燕崖镇卖樱桃，在一个三岔路口被大车刮倒，责任全在爹，因为没看红绿灯，幸亏遇到一个老司机，幸亏那位司机是好人，把父母送到医院。爹的小腿骨折。娘脸上胳膊上腿上全是血，好在只是皮肉伤。

看着在病床上躺着的爹娘，我无法压住心里的怒火。这差点无法挽回的大事故，全是因为爹的一意孤行，不听劝阻。娘知道我的心思，拉我出去低声劝我："这也是为你们减轻点压力，我们还能动，就自己挣点，你可千万别再发火了。你爹也后悔着呢，又花你们不少钱。"

娘的伤轻点，我转头埋怨她："说了不让你坐三轮车，爹年纪大了，不安全，现在好，弄一身伤。"

娘笑了笑，说："你爹自己开车出去，我不放心。"

看看我没生气，又说："你爹到底是年纪大了，他不服老啊，就知道他有一天会磕着碰着，我才坐在车上和他一块的。"

娘的脸上肿得老高。能不疼吗？但她还是使劲笑了一下。

起个名字叫雀儿

果园进城

果园现在读小学，再有一年，就该到镇上读初中了。

整个暑假，他都在姥姥家，爬树跳水，把鸭鹅扔进水井里，身上晒得油光黢黑，一顿能吃三个煎饼卷大葱，姥姥说他"无恶不作"，点着他的鼻子说他是个坏小子。

那天，姥姥接了一个电话，要去看舅舅的新家。姥姥和果园坐爸爸的三轮车到县城，又坐卖票的大车到市里。车站周围全是高到天上的大楼。舅舅家的小表姐在车站等他们。

果园和姥姥又坐上公交车，一直往城里走。大楼越来越多了，又吵又闹。路有宽有窄，红绿灯那么多，一会儿就停，一会儿又停，公交车不住地说话：前门上车，后门下车。又猛跑了一阵。又是一片高高矮矮的楼，楼前楼后都是招牌，闪闪亮亮的，全是字。果园问小表姐，肯德基是做啥的，表姐说是吃喝东西的，你是不是饿了？果园红了脸笑了。

舅舅家在二十楼。坐电梯上去，电梯的声音很大。果园有点头晕。

舅舅家里这边一个屋，那边一个屋，还有厨房，还有尿尿的屋。舅舅家的小表姐自己一个屋，门上写着：未经允许，不得入内。果园正犹豫着，小表姐拉着他进了屋。一屋子香味，果园打了一个喷嚏。小表姐就笑了。床那么宽。一个站着的书橱，书满满的。老虎狮子猴子，和果园个子一样高，全是布的，毛茸茸的。

果园赶紧出来。他的鞋子不干净。舅妈看了他好几眼了。叫果园换鞋，果园又不肯换，果园没有洗脚，脚很臭。穿着露脚丫子的拖鞋，那臭味还了得。又怕弄脏了地板，就坐在沙发上待着。一会儿，果园就满身大汗了。脑门上也是汗。桌子上有纸，雪白，装在一个盒子里，果园不敢拿。

果园去尿尿。马桶那么白，比妈妈的奶水还要白。他小心翼翼的，还是尿在了马桶沿上，尿液黄黄的。果园赶忙用手擦擦，抹在裤子上。马桶里的水，打着旋，啪啪啪漏下去了，把他吓了一跳。

吃饭的时候，果园啃了一根鸡腿。一小块鸡肉从嘴里掉出来，掉到了地板上。果园看了舅妈一眼，舅妈正在拿眼瞪他。吓得他用脚踢到桌子底下去了。

姥姥看到果园难受的样子。没等吃完饭就让小表姐带果园下楼玩。

"在地里野惯了，坐不住。"姥姥赔着小心说，舅妈没搭话。

电梯往下落的时候，果园老想尿尿，他不由笑了。没敢让小表姐看见自己的快乐。

从舅舅家往东，嘀，居然是一条大马路，好几条车道，都有车在跑，跑得那么快。果园和小表姐走在人行道上。人行道和车道之间是绿化带。果园一看就认识，苹果树，山楂树，樱桃树，还有很矮的，一片一片的，在果树底下，不认识是啥树。走过几步去，还有桃树，结满了桃子，桃子不大，没有自家果园的桃子大。过几天，桃子就熟了，一个一斤多，一个人啃一半就饱了。

"这叫果树进城。你叫果园，你也进城了，哈哈哈。"小表姐让他觉得亲切，比舅妈亲。

小表姐又说："又没有人打药捉虫锄草，果子都长不大。苹果桃子李子还不熟，就让散步的人摘走了，真是讨厌。"

果园的村里可不这样，家家都有果园，打药杀虫，锄草浇水，是家家的大事，要靠着这个挣钱呢。说起老家果园里的桃树苹果和樱桃，果园就来劲了，也自豪了，小胸脯挺得高高的。

在小表姐前面，一蹦一蹦地跑。忽然，停下来咧着嘴看着表姐，原来他踩着狗屎了。小表姐笑得弯下腰去。

迎面走来一个戴墨镜的人，胳膊上还长着黑花，他牵着一只大狗。果园从没见过这样的狗，几乎和自己一样高，长得那么丑。小表姐一把把果园拉到身后。那条狗走过的时候，看了一眼果园，"呜"的一声，像老牛的声音，果园吓得一哆嗦。

"讨厌。"小表姐看着那个人和狗，骂了一句。

"村里的狗猫都跑来跑去，没有拴着的。"果园说，谁会把狗拴着，还牵着出来玩。果园觉得好笑。

"闲得难受，也不知道他们的父母有没有人管呢。"小表姐要读高中了，她说的话，果园听不懂。

"这些果树又没人管，栽在这里干吗？"果园又问小表姐，他觉得可惜。妈妈说家里的苹果桃子，每年要卖很多钱呢。

"谁知道呢？还不如种花草让人看呢。"小表姐一撇嘴。

"走吧，我带你去吃肯德基。你午饭没吃饱吧。"果园简直是喜欢上小表姐了。

就在小表姐家的楼下，有一家肯德基店。推门进去，果园打了一个冷战，店里太凉了，胳膊上起了一层鸡皮疙瘩。小表姐用手机点了一份大的，两根鸡大腿，一大块面包,一大杯黑水。鸡大腿和面包都用纸包着,又装在一个纸盒里。

"在这吃吧,凉快。家里不舍得开空调。"小表姐笑着对果园说。

"姥姥说开空调太凉。"果园啃了一口鸡腿,又辣又香。

"快吃吧。真想到你们那里去过暑假呢。"小表姐说。

"下午一块去吧?"果园高兴了。

"可是不行啊,还要上辅导班呢。"小表姐顿时不高兴了。

果园不敢再说话,他舔了一下嘴唇,那杯黑水真甜,果园只喝了一半,他要给姥姥留一半。

划　痕

天刚冒白。老林已经起床了,第一件事,自然是泡茶。这是老林退休后,给自己找了个乐子。茶是日照绿,不算好,也不算孬。他喜欢倒腾来倒腾去的那点事。老林瘦高,肤色白皙，一半白发。退休前，老林是某局的副局长。

外面"嘡"地一声关门。楼道上一阵乱响。长长的干呕的声音，吐痰的声音。下楼梯的声音。点烟的声音。在屋里坐着的老林，慢悠悠地倒腾着茶水。脸上浮出了微笑。

下楼的是五楼的小狄，才搬来半年，前不久结了婚。不知道干啥工作的，染着黄发，手臂上有刺青，看不清是啥玩意。常常光着膀子就出家门。

老林放下小茶壶。站起来，漫步到窗前，背着手，看着楼下。

小伙子出了楼道，走到一辆黑色的轿车前，歪头吐了一口痰，左手拉车门要上的时候，突然身子定住了。

楼上站在窗口的老林，往后一撤身子，脸上笑了一下。

这时候，下面传来吼叫，一连串的吼叫。

"是哪个王八羔子？是哪个？把老子的车划了？"

停着的车身上，从前到后，一道长长的白色的划痕。很长，很粗，很扎眼。

小伙子蹲下去看了看。站起来，脸冲楼上又叫骂起来。

"我知道是谁？别在家装死，有种的下来试试。"

楼上开始有人往下走。首先是小狄的新婚媳妇。脸红红的，一个劲问怎么了？待看清是车被划了，就站在一边不说话了。

老林是最后一个下来的。

他一下来,就被小伙子抓住了胸口的衣服。小伙子的拳头刚举起来,后面一只手攥住了他的拳头。

"小伙子,这么武断,你怎么知道是老林划的?"小狄一回头,是同楼的胖警察。他不知道他的名字,但是知道他是个警察,只要是上班,必然着装整齐地去。

"就是他划的我的车,就数他管闲事多,我车放在这里,又没有妨碍他,有他什么事?"

"我要报警。"小狄摆脱了胖警察的手,掏手机要打电话。

胖警察又一把抓住小狄拿手机的手。

"还用报警吗?我就是个警察。"

"那你说怎么办吧?我的车谁来陪?"小狄恶狠狠地吐着痰。又掏出一根烟点上。

"这个简单,我们先看一看录像。"胖警察指着墙上的摄像头说,"先看看谁干的。"

这时候,老林微微笑着往前一步说:"不用看了,是我划的。"

小狄对着胖警察说:"你看看,我说的没错吧。这回赔钱我也不要了,我要新车。"又用拿烟的手一个劲地指着老林,脸上是恶狠狠的。

胖警察转半个身子,对着老林,声音略微底下来:"咋回事?林局长,你……"

"我就是想教训教训这小子,平时太不注意了。关门,咳嗽,扔烟头,一点也不注意,说他几次,不但不听,还想打人的架势。这楼上有好几个高中生、初中生,没法休息,没法学习,都敢怒不敢言。"

胖警察说:"林局长,那也不能拿车说事啊,您糊涂了?"

老林依旧慢悠悠:"尤其他这停车,不管啥时候回来,把车往路中间一停。这位置恰好在1号楼和2号楼之间。两头的车进不来,出不去。请他挪挪车吧,他高低不下楼。嘴里还不干不净的。"

老林指着小狄的媳妇:"大伙问问她,我说的这些是不是真的?"

那新媳妇红了脸,低了头。

胖警察伸手刚要说话,老林把手掌竖起来说:"放心,小狄,只要你慢慢改掉这些毛病,和大家好好做邻居,多为邻居们考虑考虑,我情愿陪你一辆新车。"

小狄愣住了,站在那里不说话。

小狄的媳妇环视一圈说:"是我们不对,年轻不懂事,今后我们改。我给大家道歉了。"说完,微微低头。

小狄拿眼瞪他媳妇,被他媳妇推了一个趔趄。就不说话了。

老林哈哈一笑,拉着胖警察的手,到车跟前,蹲下来,在那道白色的划痕上,用手指碰了一下,竟然扯起来了一个小角,然后慢慢扯了下来。

划痕是老林精心搞的一个骗局。有人笑。有人偷着给老林竖大拇指。

小狄悄悄地把烟掐灭。四下看了一下,把烟头装进口袋里。感激地看着老林。踌躇了一下,走向前去,握住了老林的手。

这时候,外围有个小女孩喊了一声:"看天上的那道黑烟,真像一道伸向蓝天的划痕。"大伙顺声音看去,东边的工业园上空,有一个高耸的烟筒,正呼呼往蓝天上冒着黑烟。

这时候,老林掏出手机说:"这回是真的要报警了。"

绕天鹅湖一圈

常梅也没想到,一千多里路,说来就来了。就是因为一条短信?

就是因为一条短信,而且就在昨夜。

因为时间太急,常梅不可能买到哪怕是硬卧。常梅一坐上硬座的时候,就开始觉得委屈,何况挨座一个胖丑男人,不是吃就是睡,睡得还那么嚣张,呼噜声像纤夫号子。而且,跑了一半的路程了,也没有再接到他的一条短信。凭什么?

到郑州中转的时候,常梅更后悔了。下车,拖着行李箱跑,转站的台阶,像小时候老家的山,怎么那么高,像从地洞里往上钻,两条腿都沉重如石。在去三门峡的站台上,常梅的眼泪下来了。

一个等车的男人凑上来搭讪。常梅向一边躲了躲。

到三门峡高铁站,那个男人又凑上来,要她的微信,并说可以开车送她。常梅说有车来,再次躲到一边。常梅直接打车去天鹅湖,她不愿意在一个陌生的城市,上上下下挤公交车。

虽生活在大同,常梅见过的湖却不少。结婚前,他和她跑过很多地方,青海湖、长白山的天湖,他们都去过,见识过湖的深邃、博大和宁静。宁静?他问,怎么会是宁静呢?就是,常梅肯定地说,就是宁静。没有比湖更宁静的了。

那湖的深处就是最宁静的地方。那年,在热热闹闹的鄱阳湖边,常梅自言自语。后来,他们不再跑来跑去,因为他的前妻安静了,同意了签字。他们就从浑源跑到大同安顿下来,租房,租店面,买房,买车。等他们有能力养一个孩子时,他出车祸,失去双腿,两年了。

常梅只能甘心接受这样的安排。

生活就是这么简单。简单到惩罚一个人,也是不声不响。只是,他和她曾约好的,到三门峡看天鹅的愿望,就成了天上的星星,只能亮晶晶地挂在那儿。

就是因为他们听说,天鹅对爱情是忠贞的。

一年前,另一个人以手机短信的方式,走进了她的生活,而且只同意和她短信,短信多为深夜时分,内容是新鲜的,给她的生活增添了一点乐趣,也让她内心有了一份渴望。他拒绝使用微信,也不肯电话,更不提见面的事,只有这一次是意外的。

他短信来说:"明日去三门峡公差,可见面。"

她回信:"那就去天鹅湖吧。"

她也不知道会发生什么,就跑来了。

已是黄昏。大群的天鹅分散在湖边。一堆,一堆,一片,一片。天鹅的叫声响成一片。短促,尖锐,悠长,连起来是杂乱的合唱。湖边是围观的男女,一个劲地在拍照,大声地喊叫,挥手。

常梅拿出手机发了一条短信:已到。

湖边有一个凉亭。亭内坐一老者,须发白半。常梅过去坐下。

"怎么了它们。"常梅指着湖边的一对天鹅。

"病了。那只大一些的生病了。保护区的医生也没办法了。它的翅膀在慢慢萎缩,是飞行途中受伤,没有得到治疗。"老者悠悠地说。面色平静。

那一刻,常梅呼吸困难。两年以前,医生对她说,把腿锯掉保命吧,没有办法了。

湖边的那对天鹅,互相缠绕细长的颈,"呕呕"不住地叫。小一点的天鹅活跃一些,不住地用喙去顶病鹅的翅膀,颈,喙。病鹅动作迟缓,但也努力地回应,不断地鸣叫。

相距不远的天鹅们,鸣叫着,扇起翅膀,一起飞去十几米,两只,四只,或者是一群。那两只天鹅互相依偎,叫着,缠绕着颈,在近处的水里不断来回游动。

天色暗下来了。老者要回去了。邀请常梅去他家住。常梅摇了摇头。问他:"它们会怎么样呢?"

老者说:"它们会绕天鹅湖一圈。因为那只病鹅不能停下来。停下来,它的翅膀会失去作用,它会越来越瘦弱。"

常梅决定跟着天鹅绕湖一圈。夜风很凉。那对天鹅不是一直在游。它们经常停下来,小声地叫着,像在说悄悄话。互相缠绕着颈,堆在一起,分不清彼此。常梅在湖边坐着等它们。好几次迷糊过去。

有时,它们会穿过一段长长的水域,再游到湖边。扇动翅膀,低低鸣叫,用喙相互安慰,缠绕颈休憩。像两位老人。

天完全黑下来。又慢慢亮了。天亮了。

常梅的手机一响:"公差取消。不能去了。玩好。"常梅在心里一笑。顺便订好了回程的车票。

门咔嗒一响。午后的阳光铺满客厅。一年前,为了方便他的出入,他们换了这个小一点的一楼两居。阳光满室的时间有限。屋里很静。

门口贴纸上,写着:"我在店铺。先休息吧。"

常梅心里一笑。走进卧室。慢慢躺下来。打开微信,找到丈夫和她的"两人行"微信群,把那两只天鹅的合影发上去。

照片上,那两只天鹅,羽毛雪白,橙色的喙,黑色的疣突,交缠的颈,笼在阳光里,像在一个金色的梦里。

守　候

炉火早就灭了,空气,枕头,挨着下巴的被头,都是凉的,人像裹在铁皮里。米香躺在床上,想娘家独居的老父亲,身上一次又一次地出汗。

儿子从南边上学回来,村里不让外出,还得每天电话报体温,好在也过了半个月了。她也不能外出。老父亲七十多了,因为糖尿病并发症,视力越来越差,两个姐姐嫁得远,就她离得近,为什么非得是她离得近呢?

辗转了一夜,她决定回去一趟。

出村的大道已封闭。米香远远地看了一会,进出村子的人,一律原路返回。她骑着电动车,走屋后,穿菜园,过麦田小道，绕上了去娘家的大道。电动车上有二斤馒头、一包煎饼，煮鸡炸鱼猪皮冻，煮花生五香豆腐。

一路上，米香有些忐忑。娘家村让进吗？陈友成是村支书，他要是在村口，会不会让她进去呢？米香心里没底。以前回娘家，她都是避开陈友成的。

果然如她担心，离村口几十米，摆着桌子，几个戴口罩的人，裹着一色的军大衣，有站有坐。后面的横幅上写着："为了你的生命安全，我们挨冻受饿。"看到米香渐近，坐着的都站起来了。

米香努力去认那几个人，想找到陈友成，都戴着口罩，一时拿不准。

一个人向前一步，把手高扬起来，往下放到平，手掌向前，这动作就是陈友成，说话的声音也是："你不是俺村的，哪来哪去！"

真是狗儿子陈友成！米香的心又喜又跳。

"友子，是我，米香。"米香把口罩往下一扯。陈友成像被狗撕了一口，手掌乱舞："戴上，戴上。"还后退了一步。

米香的火腾腾腾往上蹿，他竟然后退了一步！二十年前，他是一个劲地往前赶。那一年，在凤凰山和虎山之间的山沟里，陈友成把她"逼"得贴在石板上。要不是石板一边的水洼里一条花蛇在凉快，要不是那蛇高昂的扁头，要不是那蛇星星一样的眼睛，她怎么也能逃开陈友成石板一样的胸膛。

米香把左手臂端平了，直指陈友成眼珠子，真恼了："你，友子！"她的眼里有了泪水。

"我什么我？你儿子从南边回来了，我们接到了通知，你们一家更不能进村。"陈友成看到了她的眼泪，声音的气势降下来了。其他人知道他俩以前的事，都把手缩在袖筒里，或者抬眼看天。

"友子，我戴着口罩，上家里看一眼就走。锅碗瓢盆总得归置归置，不然你姑父找不到，你姑父的眼睛看不清了，你总知道吧？"不知道论了多少层亲戚，陈友成喊米香的爹姑父，就因为这个，米香爹咬死了不让他俩好。

"不行！你这是回来祸害人啊你，你们村里没跟你说明白啊！"大概觉得这话有点过分，陈友成把自己转了一个圈，又盯着米香。米香忘了关电门了，想抽右手指骂陈友成，不想电动车往前一蹿，把她带了一个趔趄。那边陈友成以为她往前冲，啊的一声，转身抓了一把叉子，把车前轮叉住了。这种大叉子，米香见过，学校安保室有。这时，米香已经两眼都是泪了，眼前一片模糊。

她喊了一声："我也不想来啊！"就出声哭了。陈友成见状，也摆不开架势了，把叉子一扔，不说话了，等米香稍微平静了，才说："你回去吧，姑父的生活我来管，你放心，我一天去家一趟。我没空，就让我媳妇去，做饭烧水提醒我姑父吃药，保证做到，你放心回家过年就是。"

从爹反对他俩开始，陈友成就用这么温暖的声音安慰她，话说得诚恳，让她的心安安稳稳的，让她相信爹的反对就是纸糊的墙。直到爹做了那件混账事，他砍了陈友成家五十多棵苹果树，果树正是抓钱的时候，陈友成的娘气急攻心，竟然瘫痪了，现在也没恢复利索。

爹这是一招毒汁封喉。爹是故意的，让陈友成和他的爹娘都恨上米香。最后，如爹所愿。米香嫁到外村，她对象原来在县酿造厂，后来厂子关了，去学校干了保安，腿先天有点瘸，学校也不嫌弃，就一直干下来了。

米香看着陈友成说："那我把东西放下，你给你姑父送上去总行吧？"

"不行！东西也不能留下，说不定也有……"陈友成的话说了半截，米香心就冰凉了。她收拾好车子，掉头往回走，拐拐拉拉，好长一段路才平稳起来。

刚到家，手机响起来，是陈友成的媳妇，叫秋香。秋香的声音很好听："米香姐，你放心吧，姑父那边我每天去照顾，一直到你回来，保准你满意。"

米香愣怔了十几秒，赶忙答应下来："到头来，却要麻烦你们两口子，行吧，以后来家玩啊。"挂了电话，米香叹了一口气。她要把儿子叫起来，去村口值班，一个大学生，老是躺床上玩手机，算怎么回事呢！

洗　澡

卞霞来安乐村小学两年了。

这两年，发生了两件事。先是，镇教委决定四五年级学生到镇上去读书。镇教委想调卞霞去镇中心校，因为她音乐教得好，人又漂亮，每年的元旦会演，去县里参加比赛，都得找她去领唱。

卞霞老师却不去。卞霞把羊角辫一甩，不去。窈窕的身子就斜进了教室，把镇教委大个子主任晾在一边。

再就是，老校长去世了。老校长姓王，行伍出身，瘸腿，走路一拉一拉的。手掌宽大，两脚似小船。五官是雕刻好了，再安装到脸上，分明得很。复员后安排到教育上，因为是正式工,就当了校长。

老校长能抽烟能喝酒,最后是得肺癌死的。老校长对来看他的老师们说,谁也不准欺负卞霞,她是你们的女儿、小妹妹。卞霞站一边哇哇大哭。

老校长没了,镇教委就叫徐大个领着大伙干,徐大个是民办老师,高个子,爱喝辣酒爱洗澡,秋天要一直洗到水凉刺骨。卞霞个子矮,要看徐大个的黑脸,得使劲抬头。徐大个常把手掌(大手掌,像蒲扇)盖在卞霞的头上,说:"卞霞,这节课替我上,我得回家看看孩子他娘去。"众人大笑,卞霞就红着脸去上课。不等打上课铃,孩子们脆亮的声音响起来了。

学校在村子中央。原来是两排平房,四五年级走了后,村里卖了一排给村民。只留了一排,伙房占一间,卞霞住一间,一间办公室,看作业备课,罚皮孩子站,其他的都做教室。老校长就买了三间校舍,在学校的东边,隔着院墙。下了班,大伙都走了,老校长隔墙头喊:"卞霞,过来帮着做饭。"那时候,卞霞刚送过河的孩子们回来。

三个年级,五十几个孩子,都离家不远。向南走的,要过一条小河。小河不宽,要是夏秋季节,河里的水有点深。河上有水泥桥,很宽,拖拉机能蹦蹦蹦开过去。卞霞也不放心,小母鸡一样把孩子们领过去。看着他们叽叽喳喳走远了,再回学校。

在离桥几百米的东边,靠近崖根那儿水深,徐大个他们,还有镇上的几个男老师,常在那儿洗澡。他们是洗过了澡,就要找个地方去喝辣酒。看见卞霞,徐大个就喊:"卞霞,来来来,搓背。"卞霞也不搭腔,低头红脸往学校走。

有那么一次,晚上,天热。吃过饭,老校长就出去了。校长的媳妇把天井里的灯拉灭,对卞霞说:"来,洗洗,闺女家都爱干净。"那么大一个水泥盆,卞霞用正合适。水在太阳底下晒了一天,热乎乎的。等卞霞洗好了,回学校了,老校长才回家。再以后,就经常在老校长家洗澡。卞霞就不用再等到周末回家洗澡了。

卞霞的家在另一个镇上,都是一周回去一趟。周五要在学校住一晚,周六早上起来,步行半小时到镇上,坐车到县城,转车,去自己家的镇上,到了镇上,再步行七八里路到家,那时已是下午三点多了。星期天早上又要坐早车去县城,再转车,又是到了下午两点多,才回到教书的镇上。多数的时候,卞霞都会在镇上碰到学校的老师,他们骑自行车或摩托车,有买东西的,有走亲戚的。有好几次是老校长,一手扶着自行车,一手掐支烟,在车站那里朝着刚下车的卞霞笑。

时间一长，卞霞就知道，他们都是老校长安排去接她的。所以，镇教委要卞霞去镇中心校，她一口就回绝了。而且，只说了两个字："不去。"就去上课了，像是生了很大的气。周日下午谁去接卞霞，晚饭就在谁家吃，其他的晚上都在老校长家里吃。

现在是卞霞在安乐村小学的第三个年头了。老校长也离开一年了。这一年里，卞霞的工作、生活变化不大。每到周日下午，高大的徐主任到镇上接卞霞，或者安排其他的老师去。周一到周五，晚上还是去老校长家吃饭。有时候，卞霞还和老校长的媳妇干干农活，就像她家的一个闺女。

有个下午，卞霞到老校长家去，家里没人。有一只老鼠被惊吓，嗖，钻进东屋的卧室了。卞霞追进去，先看到了床东侧的桌子上，有一张放大了的黑白照，一张年轻俏丽的脸，一只手掌托着腮，调皮地笑着。卞霞的心里一紧。听到身后有动静，回头的时候，是老校长媳妇站在门口，一脸的泪水。

"她叫王霞，是我们唯一的女儿，在外面读书，去海里洗澡，就没了。"老校长媳妇慢悠悠地说。

那以后，卞霞不想再去老校长家。老校长媳妇也没再喊她。卞霞自己煮了面条。在自己宿舍坐了好久。夜已经深了。夏虫的叫声又急又短。

卞霞站起来,走到院子里,站在那口大缸前。村里缺水,两天才放一次水。学校就买了这口缸,按时接满了,给一校师生吃喝洗刷。

卞霞突然用手试了试水温。然后,慢慢脱光自己,踩着凳子到水缸里。卞霞站在水缸里,水刚好到她的胸下。水很温暖。卞霞慢慢平静下来了。

卞霞慢慢地洗着自己。眼泪慢慢地流下来了。

她突然想去镇上教书了。

细雨中的宋三哥

宋三哥高考落榜,大伯把宋三哥的书本埋在墙角的猪粪里,沤了肥。那一刻,宋三哥靠在门框上,黑着脸,不说话。小弟和小妹趁机出去玩,一下午不敢回家。大娘中风瘫在床上,半年多了,嘴角不断往外流口水。她看着自己的三儿子,只是眨了眨眼,很响地打了一个嗝。

起个名字叫雀儿

宋三哥不发一言，走出门来，九级台阶下，路中央光滑的石板上，依次摆着锄头、扁担、粪筐。这是宋三哥熟悉的农具。锄头反照着黄色的阳光，扁担若弯月，足有两米长，粪筐像老年人的脸，这都是给成年人用的。宋三哥一言不发，把锄头、扁担、粪筐扔到猪圈里，顺便撒了泡尿，去瘸子的小卖店买了一包丰收烟，到南园的树林里打了一下午扑克，回来把锄头、扁担、粪筐从猪圈里拿出来，擦干净猪屎，坐下来吃晚饭。

半晌无话，夺过大伯的酒杯，一口喝净，落下两滴泪来。

高考落榜可以复读一年。这是大伯定下的规矩。宋大哥宋二哥都是复读了一年，一个去了兰州，一个去了沈阳，都读了师范学校。这个规矩到宋三哥头上却改了。宋三哥看了看大伯窟窿密布的老头衫，黑裤子膝盖上的蓝色补丁。又喝净一杯。大伯没言语半个字。

生在农村的男女孩子，不管上十年学八年学，或者小学初中大学，周末和假期都要糗在地里，大人干啥活，孩子就干啥活，磕了碰了，甚至胳膊脱臼，那只能怨自己。那个时候，家家刚刚吃饱饭，家家的钱包一年到头都瘪着。能吃饱饭，捧上书本，坐在风和日丽的教室里念书，安乐村没有几个孩子有这福气。大伯家孩子多，宋大姐宋二姐都嫁出去了，宋大哥宋二哥一个西北，一个东北，啃着咸菜念大学，天天数着指头盼着上班，好早一天把工资递到大伯手里。下面的弟妹，一个念初中，一个念小学，一年中三季子打赤脚去学校。宋三哥一下学，弟和妹都躲着他，不好意思见他。

那个暑假以后，宋大哥毕业到县里一个学校教书。大伯老脸有了笑模样。原本见到点笑容的宋三哥，突然沉默了。

那个下午，飘着细雨。宋三哥穿着的确良白衬衣，蓝裤子高挽着，夹着一柄破伞，站在细雨中，看着我家的后墙。我看着雨中的宋三哥，意识到有事要发生，赶忙去叫爹。我爹是大伯亲弟，也是生产队的队长。他明白宋三哥的心思。他站在我家的墙堰上，和宋三哥对视着。宋三哥的身后是北山，在雨中变黑。宋三哥站在一块卧牛石上，任凭雨水冲刷黑糙的面皮，成群的卧牛石，像青色的飞毯，集聚在宋三哥的脚下。爹扭头回屋继续喝酒啃煎饼。

我长久地注视着雨中的宋三哥。后来，我知道宋三哥想去学校的原因，是国家有了新政策：学校的代课教师可以随应届生考师范。就是因为这个事，宋三哥在我家屋后踯躅，想让我爹做大伯的工作，让他有机会参加考试。有一个晚上，宋三哥直接进了我家，又是喝酒又是吃菜，最后只说了一句,当然是对我爹说的,他说你只要保证我爹同意就行,说完,站起身扭头走了。

过了年,宋三哥到镇联中做代课教师,住到学校。周末和假期,只要干完地里的活就回校。有那么一两次,见他骑着一辆飞鸽自行车来回,车子亮闪闪的,铃声清脆,问他不说,只是一笑。脸色不再那么黑,衣服也干净整洁了。每次回来,给瘫在床上的大娘带一包桃酥,一包冰糖,给大伯带半桶辣酒,还给我爹带回一条丰收烟。我爹说这小子可买不起这好烟。

那一年宋三哥没能参加高考,因为有规定,代课必须满一年以上。从那以后,宋三哥回家的次数就更少了。周末让同村的学生捎话回来,或者捎点心回来,让给他捎一包煎饼回去。那年的寒假,宋三哥一声不吭跑到新疆去,年后开学才回来。这件事在安乐村,始终是个疑案,任谁也没有问出结果。一个过年的假期,宋三哥一个人跑到天寒地冻的新疆干吗?宋三哥不说,众人就都在鼓里。

那年的高考发榜,宋三哥考上了市里的师范专科。出了嫁的宋大姐宋二姐回来,给宋三哥庆祝。宋三哥骑着飞鸽自行车,带回一个洋气的姑娘,给我们介绍说,是高中同学,去年年前全家搬新疆去了,现在在新疆读大学。大家这才哦的一声。

"她叫王雪艳,去年我去找她辅导数理化了。"大伯把茶碗一放,说:"就没有你不敢干的事。"又说:"来了就快坐下,一块吃饭。"

宋三哥念了两年师专,按要求必须回本地工作,就服从安排在镇上教书,这个时候,小妹上了中专,小弟恰好到镇上念初中。

有次去宋三哥的宿舍,见迎面墙上一幅字,正楷,笔画仿欧:"人生不相见,动如参与商。"

相　逢

第一眼看见小男孩,李晓的心像被细长的针扎了一下,一丝尖锐深长的痛,慢慢洇满胸膛。男孩真像一只小老鼠,身体弱小,脸脏发乱,眼睛躲躲闪闪,看你一眼,又赶紧挪开,脏手像无处安放。

看到这个小男孩,李晓想起了女儿小多。男孩和女儿的眼神太像了,怯怯的,像受惊吓的小老鼠,时刻想逃跑。

李晓也想逃跑，但她无处可逃。她能跑到哪里去呢？丈夫去世后，不只给她留下了女儿，还给她留下了已逾七旬的公婆，婆婆体弱有慢性病，靠吃药养着，公爹心脏不好，不能干重活。丈夫是独子，她能一走了之吗？

丈夫生前干过好多工作。其实，那也不叫工作，就是打零工，跟着搬家公司抬家具，去住楼的人家里捅下水道，给人家送纯净水，都是零碎的杂活，这里干一点，那里干一点，一天能挣几十元钱。要是挣到一百以上，就会在晚饭的时候，摆在桌上，一脸庄重，又毫不掩藏自己的快乐，那老实坦率的样子，让李晓心里乐开了花。李晓觉得幸福就是这样。直到丈夫趴倒在早餐车前。

去年冬天的那个黄昏，丈夫在院子里喊她，是一连声地叫，像懒汉捡到了金元宝。原来，丈夫没有和她商量，添置了一辆早餐车。很简单的车，不足两米长，胶皮轱辘，钢管车架，上面是玻璃罩子，玻璃上贴着红字"肉夹馍，两元一个"。玻璃罩子里，右边是液化气炉灶，左边是一块小案板，切肉切馍。是一辆二手车。

从那以后，家里的收入稳定了。天刚露一点白，丈夫给家里点上炉火，熬上稀饭。自己推车去学校附近卖肉夹馍。高中生勤奋，都是早起到校门口买点早餐，在教室里边看书边吃。买得最多的就是肉夹馍。丈夫实诚，馍大肉多，生意就好，一个大早上，能卖一百多元。

天大亮了，丈夫又去干点别的，到工地上打零工，或者再去搬家公司等活。谁会想到，这稳定的生活，只维持了半年多。那天早上，天阴沉沉的，一个值夜班的病人家属，为了躲避迎面骑车的女学生，猛地左转车头，撞在丈夫的早餐车上。本来也不是多么厉害，早餐车也只瘪了一块。可丈夫正低头切肉，没有看到车碰过来，他手里的半尺长的刀子，一下子掉过头，捅进自己的胸腔。

看着镜框里白着脸微笑的丈夫，李晓的大脑一片空白，整个人木呆呆的。就像几年前，她被那个男人一拳打倒在地，忘记了身上的痛，大脑一片空白一样。

李晓患婴儿瘫，右腿略微短一点儿，走路一颠一颠的。找不到合适的工作，只好在家照顾公婆和小多。现在，丈夫的死给他换来了一份工作，在孤儿院干杂活，打扫院子寝室，洗衣物刷碗筷擦桌椅。在孤儿院，到处能看到李晓的身影，前院，后院，食堂，寝室，李晓一刻也不歇着。她怕失去这份工作，心想：如果没有这份工作，一家人可怎么活？

一个月一千多块钱的收入。还是交警队的同志操心安排的。

现在，除了公婆和女儿，李晓又多了一件心事，就是那个像小老鼠一样怯生生的男孩。

男孩不肯好好吃饭。孤儿院的三餐还算丰富,鸡蛋,面条,牛奶,炒菜,馒头,隔一两天就会调换一次。不过,早上吃得最多的是面条、牛奶和鸡蛋。李晓发现,男孩不喝牛奶。问他,他说不喜欢奶里的腥味。男孩也不吃面条,有一次,他竟然把面条碗推到地上。问了老半天,他才说:"以前爸爸老是煮面条。"

"妈妈呢?"李晓问他。男孩低头说,"我没有妈妈。"

李晓的心脏又疼了一下。小男孩本来就瘦,现在又黑了,胳膊腿像干巴巴的竹竿。他在风雨亭的紫藤下,会一个人坐上大半天。或者把脑袋搁在腿上,使劲蜷着,像一只小老鼠。李晓在餐厅打扫卫生,隔着窗玻璃,看外面的男孩。

李晓去找院长。她在家长栏里,看到那个男人的名字,在地址栏里,看到了去过很多次的那个胡同的名字。她的心一阵锐痛,这个小老鼠一样的男孩,难道是……她努力地站稳自己的身体。迎着院长诧异的目光,发出自己的疑问。

女院长深叹了一口气,说:"男孩的爸爸吸毒,去戒毒所了。男孩的妈妈走了,不知道去了哪里。"从院长那儿出来,在风雨亭的石凳上,李晓挨着小男孩坐着,把手捂在孩子的手上。男孩也有冰凉细长的手指。

她和男孩的爸爸恋爱了三年,因为她的残疾,男友的父母一直不同意。他们只好在外租房子。有一次,男友一家人大吵一架后,男友的父母赌气外出,没想到,竟然出了车祸,双双去世了。男友把父母的死怪罪在李晓身上,时常对她大打出手。她只好选择逃跑。

竟然在孤儿院遇到了日思夜想的儿子。

当天晚上,李晓想了一整夜。

第二天一早,临出门时,她对公婆说:"爸,妈,咱家里要来一位小客人了,是个男孩。他会在咱们家慢慢长大。"停了停,她又说了一遍。像是对婆婆和公爹说,又像是对自己说。

外面,正飘着雨。走到雨里,她没有打开手里的伞。

捡漏的故事

周老师退休之后,好运频频碰头皮。

之前,周老师是乡镇小学教师。退休之前,有一个小插曲,县里去学校听课,只听五十五岁以上教师的课,把把老教师信息化教学的脉,讲到中间,周老师看着一脸疙瘩的女教研员说,你别不爱我的课,俺年轻时上课和你现在一样,也是高潮迭起啊。

退休宴上,有好事者喝了三杯金鲁源,把周老师年轻时高潮迭起这事,挤眉弄眼,说给了周师母。据说,宾客散后,周师母一把薅住周老师的根,要他交代:你啥时候高潮迭起过?

周老师酱了脸,弯着腰说散文啊,我说我写的散文,高潮迭起啊。这是老周的爱好之一,老周的散文格高,写景不抒情,倒有众生命运,不风花雪月。因此认识了一众文人。其中,淄城有一文友,写作之余,网上卖名家字画。夜深时周老师常去遛一遛,得到文友的指点,常以一二百元,购得山水一二,有鱼有虾,或两只喜鹊一簇青竹。

文友说,马上要截拍了,我可以提前停拍,让你老兄捡个漏吧。捡漏,就是花小钱,买到值钱的玩意。

画挂在各个房间。客厅有字,横书隶体:梅花知己。还有一幅山水:鸟鸣山更幽。卫生间是一副蛙声十里出山泉,周老师说年纪大了,利于排尿。书房里自然是不能少,是山水四扇精品,省内名家的作品,只不到三百元,文友说这是捡了大漏。饭后端着茶杯,周老师就在各个房间转,转一阵子,去书房写散文。

这套三居室的房子，居二楼，位置佳，楼层好。当初，是女儿下了决心，周老师才同意的，哪承想，又捡了个大漏，买房后的第三年，小区的东边新建了一所学校，小区南面新建了儿童乐园，房价连翻几番。要说，周老的爱好，也不只是写写散文，看看画，还爱闲逛。

离开住宅小区，老周的路线是儿童乐园，海鲜市场，回家，是右拐右拐的一个圆圈，有时候是一两个小时，有时候是大半天。

儿童乐园在小区外马路对面，一早一晚，老周都要去转一转，看一看。看什么呢？看人。四时之花，还是那些花，人呢？却一天一个样。老周尤爱在羽毛球那儿逗留，总有一二皮肤好身材好的女子，在球网两边跑来跑去，白白的腰身，修长的腿，亮一下，又亮一下，老周的心就扑棱一下，又扑棱一下，直到女子拿眼来瞪他，才倒背着手而去。心里还窃喜着，这是不是捡漏呢？

从儿童乐园出来，直行，过马路，是一个海鲜市场。这也是老周喜爱的，不只喜欢看，还喜欢吃。喜欢吃的海鲜有两样，一是生吃海蛎子。这个爱好，是初中学了《我的叔叔于勒》之后，勾起来的馋虫，一晃四五十年过去，到底是吃上了。每次老周只买三个或者五个，回家又是洗，又是刷，弄得海蛎壳白生生的，借壳当碟，把醋倒进壳里，一下子吸进嘴里，生海蛎肉的鲜味，加上老醋的香，让老周欲罢不能。老婆一见他生吃海蛎，就嗷嗷恶心。当然不是天天吃，隔三岔五，就会买上几个海蛎子，回家过过嘴瘾。还有一样是八爪鱼，朋友们老把八爪鱼和鱿鱼弄混了，只有老周清醒，八爪鱼是八爪鱼，鱿鱼是鱿鱼。老周尤喜小八爪鱼，长不足五厘米，通体洁白。且也不贵，买上一二斤，回家洗干净，不摘内脏，清煮，配半碗蒜泥。这是陪白酒的好菜。还有一种吃法，老周也喜欢，是炒韭菜。八爪鱼炒韭菜，白是白，绿是绿。八爪鱼和韭菜都不能太熟，这个火候，只有老周自己掌握着。

在海鲜市场这儿，老周最自在，围着一排排水箱来回转。转来转去，他转得最多的还是八爪鱼。这一回，没有小八爪鱼，只有在水箱里的大八爪鱼，触角很粗，圆脑袋很大。有一次，老周下了狠心，要买一只大八爪鱼回去炒韭菜，就下手到水箱里去抓，结果给触角缠住手，老周给那黏糊糊的肉体弄得又惊又粘，从那就不敢再碰活着的八爪鱼。

再说，活着的八爪鱼，多贵啊。老周买了那么多年八爪鱼了，只要是活的，都要五六十元一斤。两只八爪鱼就要一斤以上，还炒不到一盘菜。这也是老周在水箱前转来转去的原因。其实，老周是在等时间，时间一长，水箱里的八爪鱼，就会翻身子，待八爪鱼的肚皮朝了上，就说明这个八爪鱼不是活的了，老周就去找老板娘，指着说让老板娘把死了的八爪鱼捞出来，放到另一个箱子里。刚死去的八爪鱼和活着的八爪鱼，在味道上有区别吗？没有。价格呢？便宜一半。

老周总能如愿，总能哼着歌回家，到了家，进了厨房，还在哼。老伴把花白的头伸进来，看了一眼，问："又捡着便宜了？"老周一点也不生气，把手里的八爪鱼往高里又提了提，说："三只，一斤多，新鲜，只花了二十多元。"

"哪像当老师的啊？围着鱼鳖虾蟹转，等那鱼鳖虾蟹翻身死了，就往水箱外捞，净赚便宜。"说完，撇撇老嘴。老周停下嘴里的歌，说："你懂啥？这咋叫赚便宜呢？这叫捡漏。"

忽然一下子叫起来："啊呀呀，你看看，你看看，这八爪鱼把我的手缠住了，还活着呢！"

吃面的故事

店主人是个女的，圆脸，像一个大苹果，红脸的苹果。我们进了店，也没有惊动她，她一直在柜台里边忙，是在收拾地上的一摊青菜，好像是油菜，又像是小白菜。我敲了一下柜面，她抬起头来，看见我俩，立时笑了，站起来走近我俩笑着问："吃面，还是坐坐休息？"我有点惊奇，问她："不吃面条，也能坐坐啊？"这时，她已经在洗手了，说："当然，外面太热，你们坐下，我给你们泡茶，至少店里有空调啊。"

倒弄得我不好意思了，赶紧说："我们是来吃面的。"

"好来，谢谢照顾小店，请靠窗子坐，凉快，也亮堂。"一面转身又去洗手。和我一块来的，是我的伙伴，叫祥子，和那个大作家写的祥子一样，也是做苦力的，他是我的小工。我垒砖，他搬砖送水泥，帮我挪动脚凳的位置。可以说，我垒砖的速度，完全控制在他手里。如果他搬砖太慢，送水泥不及时，挪脚凳位置不对，那么就会影响我的速度，而我的速度就决定着我俩钞票的多少。这就是我和祥子的关系。他依附我，我也依靠他。因此，我会经常请他吃个饭，在工地上吃了馒头吃白菜豆腐，即使把肚子撑圆了，不要紧，游逛着出来，再喝一碗羊汤，吃上十几元的烤串，或两人吃一份肯德基，当然，每次都少不了一人二两二锅头。吃完喝完，晕乎乎回工棚睡觉，挺好。

红苹果端着一个托盘，放到桌子上，端下两碗拉面，明显看出面多肉多芫荽多，我朝她笑了笑。她看了一眼桌上的小酒瓶，说："好吧，我给你俩加个小菜，免费。"一会儿，端来两个小盘子，比菜盘子小，比果碟子大，放着一个卤蛋，一块巴掌大的酱豆腐，嘿，我说："我们得交钱。"她笑了笑说第一次来免费。

这个拉面馆，在我们工地对面，相隔几百米。每天在脚手架上，一抬头，一直腰，一低头，一弯腰，都能看见大红招牌，很醒目几个字：宋家拉面馆。偶尔见一个红上衣的女人，出出进进，忙忙活活，还有两个孩子，一个男孩，一个女孩，跑来跑去，跑进跑出。还有那么一两次，那个红上衣女人，手里拿着一个拖把，或者一个水桶，直直站立着，看着越来越高的楼层，一动也不动，似乎在找什么人。每次我看到红上衣，就想哪天去喝碗拉面，喝二两酒，也是正经享受。

正要拿筷子,红苹果又过来,"给,擦把脸再吃。"她的声音很厚,底气足。"擦把脸,解乏,去汗。"

我看了一眼祥子,祥子已经不知好歹地接过了毛巾,虽满眼疑惑,却正用力在脏脸上擦着,只一两下,白毛巾成了灰毛巾,要是再擦,就成了抹布了。我看着手里洁白热乎乎的毛巾,真想像平时拧毛巾那样,把祥子的脖子拧上几个弯。

哈哈哈,红苹果的笑声让人放心,是母亲的带着爱和满足的笑声。

"放心,我也在工地上干过钢筋工,厨房里扛过铁锹。"一般在建筑工地上,干钢筋工的都是女人,和走路喘气都能歪倒的男人。还有,工地上的厨房里,都是大锅熬菜,白菜豆腐,白菜肥肉,几百斤几百斤地熬,只能用铁锹当锅铲子用。

我看着她的脸,我信了。那是黑红,是晒的,是脱了几层皮的黑红。

我把毛巾舒展在两个手掌上,捂到脸上,呆了几秒钟,真舒坦,是那种开窍通气的舒坦,我轻轻地擦了一把。把毛巾叠好,递到她的手里。我说:"谢谢你。"

她把毛巾递回来,说:"送给你了,还有你。"她朝着祥子说,并笑了笑。"把毛巾围在脖子上,随时擦汗,以免出汗多了，迷了眼。在脚手架上，可不是闹着玩。"我和祥子一脸不解，却不敢问为什么。

"孩子的爹也是垒墙工，是我们市里垒墙的冠军呢。我跟着孩子爹，到处去盖大楼，西安，安阳，青岛，都去过。他带队垒墙，我就干钢筋工，干厨房，直到那一年秋天……那年怎么那么热，玉米都收回家了，还是那么热。说起来也是怨我，每一次我都是给他围上一条白毛巾的，偏偏那天我就忘了。他垒墙的时候，爱忘乎所以，爱出汗，爱用毛巾擦，用毛巾一擦，他就会神清气爽。那天，他去拽脖子上的毛巾时，却发现脖子里没有了。"

"他一慌神，脚下就不稳，他还以为自己在地上呢，就摔下了脚手架。"

我看见祥子的眼泪落到面条里了。我用筷子敲敲桌面。然而，瞬间，我的泪下来了。

我吸溜一下鼻子，使劲嗯了一声，像是把眼泪逼回去。我往拉面里倒了醋，挖上两小勺辣椒油，像搅水泥一样拌均匀。拧开小二瓶盖，往嘴里倒了一口，抓起卤蛋使劲咬一口。咬到了我的舌头。

祥子也跟我学。挖辣椒油，倒醋，喝酒。他把头扭向窗外，对着我们的工地，说：我们也到处去，北京上海广州，但是，不知道下一个工地在哪里？他这是没话找话，怕自己流泪丢人。我说：祥子你就会耍嘴，吃你的面吧。

红苹果听到我俩斗嘴，在柜台里笑了。说了一句：我家的那位也喜欢这么吃面，也是爱喝一口辣酒。

鸡头的故事

某夏某日，太阳很凶，端本书在藤椅里，欲睡。诗歌马来电，说去山里吃鸡，半小时后车到楼下接，还有散文张（男），画家刘（男）。

这位诗歌马，说话做事，不容人推脱，他单位好，钱多，爱热闹，搁家待不住，小县城旮旮旯旯，都有他的动静，因自称"此生唯爱白酒和女人"而名扬县内文化圈。

车上已有散文张，话少，但"语言深刻"。车出城，一村边两间平房，挂着金字牌，字很大：沂蒙山画廊。画家刘，能画画，还能写诗写随笔。和画家刘一块上车的，还有一个二十余女娃。散文张说："是小姚吧，前年七夕情人节，一块在黑虎泉吃鱼来着。"画家刘说："在画室帮忙，兼学画。"散文张嘴跟得快:"画童啊。"一个写散文的,一点也不厚道,比小说家的嘴还损。

不过,小姚好看。

车停在村广场,过小桥,前面是民居,再走是土路,三拐两拐,听见鸡叫声。气喘吁吁爬上一段土坡,地势一平,有三间屋子,鸡叫声从屋后传来。一间住人,一间厨房,一间隔两小间,放两张桌子,上午两桌,晚上两桌。不早订桌,来也白来,咋来咋回。

人不多,诗歌马请客,做了主陪。散文张年高,做主宾,画家刘在小城文化圈,擅长作陪,坐了主陪对面的副陪。我捡了个副宾。小姚在散文张和画家刘中间,倒水,添酒。

炒鸡上桌,热腾腾一大盆,鸡块匀称,颜色深红,花椒姜块大葱,夹杂在鸡块里,让人捻筷欲拾。诗歌马说不忙,我是主陪,得由我先伺候一下客人。众皆大笑。江湖规矩,菜上四味,即可开席,主陪要夹菜左右,以示对主副宾的尊重。众人大笑的原因是,就我们这几个人,熟得不能再熟,就连谁的相好是谁,都能叫上名字,这般客套,纯粹为了笑料。

有一点不可忽视,那就是鸡头的问题。一桌酒菜,只要有鸡头在桌上,那必属于主宾,别人只能干看。所以,诗歌马用自家筷子夹了鸡头,颤悠悠要往散文张的碗里搁。散文张把半截烟一丢,起筷就把快到碗里的鸡头夹住了。两双筷子开始刀来剑往。散文张的意思是,他不吃鸡头,放他碗里是浪费,谁好这一口,就给谁。鸡头又回到大盆里。

诗歌马说,这事不对啊老张,你是那个安乐镇的,你们那个镇上的人不是爱吃鸡头吗?

这个我们都知道,在酒桌上,只要有安乐镇的人在,大凡碗里有鸡头,得先让着他们吃,不然的话,就比弄了他媳妇还要命,那是要掀桌子动刀子的。安乐镇的人在县里当官的最多,据说与吃鸡头有关。

散文张话不多,能抽烟。别人抽烟漫不经心,他抽烟着急,一支接一支,像小孩子吃糖丸,不住嘴。此刻,他说安乐镇的人为啥爱吃鸡头,我还真不知道,也许因为鸡头上有"冠","冠"者,"官"也。我也不是不吃鸡头,是小时候吃"伤"了。这个让我们吃惊。散文张生于七十年代初,在安乐镇农村,他十岁之前能吃饱饭,就是好家庭了。一个吃鸡头吃"伤"了的家庭,得是什么故事呢?

几个人都放下筷子。箭在弦上,散文张点上烟,说了自己和鸡头的故事。

散文张家里人口众多,他是老小,上面还有三个哥哥三个姐姐。他出生的时候,他的大哥结婚,大姐出嫁了。俩哥俩姐在生产队挣工分,年头到年尾,吃不上几顿饱饭。能吃饱肚子的时候,是夏秋季,夏天上山下河,摘野果摸河鱼,凡毒不死人的,生的,冷的,都往肚子里塞。秋天是最好的日子,不光上山下河,还能去地里偷点玉米地瓜豆子,能见到点正经粮食。不管你爱吃啥,还就是粮食能长身子。嘴里能见到的肉,也就是河里的鱼虾山上的蚂蚱,鸡从何来呢?

散文张说,我上面三个哥三个姐,没有一个读书的。只有我,到了年龄,就上学了。他爹的那意思,得有一个读书人撑住老张家门面。到了学校,孩子多了,知道事就多了。那时候,孩子在一起,就是斗嘴比吃的,到了过年的时候,比糖果,比谁家能吃上肉。家里孩子少的人家,多少能割几斤肉,大多数还能杀只家养的鸡。俺家不行,过年能吃上一顿白面饺子,还不能吃饱。

但是有一年过年,到了年三十那天,俺爹突然拿回家来十几个鸡头,大冠子的,小冠子的,眯着眼张着尖嘴。洗净了,搁锅里煮出香味,我啃了三个,我爹啃了两个,其余每人啃了一个,那个春节,就让我一直没忘掉。

散文张说他爹死了以后,他才知道,那年吃的鸡头,是他爹一家一家去要的,理由是散文张上学,累得得了头疼病，医生说吃鸡头，才能治好。村里人心好，就把自家锅里的鸡头捞出来，给了散文张的爹。散文张说，我知道了以后，就不愿意吃鸡头了。

什么头疼啊，我爹就是想让我们吃上一口肉。

大伙没说话。诗歌马把鸡头夹住，打量了一圈，站起来，放到了画家刘的碗里。画家刘为啥能坐副陪？擅长化解尴尬局面啊，他夹起鸡头说："还能治头疼？哪天想女人想得头疼，就去买几个鸡头煮上。"说完，一口把鸡冠子咬掉了。

好看的小姚右手伸向了桌子底，画家刘瞬间眼球暴突，张大了嘴巴，鸡冠子一下掉在了地上。

油饼的故事

县城北有一小镇，此镇地处淄博、潍坊、青州三市交界，三条省道分别通向三市，故其名三岔镇。三岔镇多山，山多高峻陡险，少地，地多贫瘠零落。有一笑话，笑此镇地块散碎，说合作社时，村民锄地，黄昏下工，队长给张三少数了一块，张三大怒，指队长鼻子跳骂："弄我老婆也就算了，我锄了十块地，你给我记九块，我弄你祖宗。"队长也纳着闷，张三明明锄了九块地，哪来十块呢？张三指着队长的腚底下说："你还坐着一块呢，怎么没给我数上！"

三岔镇有一村，名流水村，流水村又分上、下流水村，依山傍水，山是凤凰山，少土多石，险峻冷森，电影《南征北战》在此山拍摄。水绕村南行，清澈见底，四季不息。此村我有一旧交，名号快乐。相识于二十年前，那时，我在县报做副刊编辑，编排些散文长短句。某日，一光头壮汉，高挽裤脚，光脚布鞋，一身泥水，咚咚走进编辑部。时值深秋，却满头大汗。来人递上一个学生笔记本，油腻黑黄，沾碎发馍屑。大声说："你给看看，俺先抽根烟。"

一看之下，顿时大悦，三十二页纸，张张写满，写耕地收玉米割麦子，写爬山下河，写流水穿过菜园，壮汉且柔情，如写冬雪，竟有"雪花傲慢地飘落下来"之佳句，不禁手舞足蹈，大喊你叫啥名字。本子第一页，有几句话："吾本布衣，生于土石，父赐名张守乐，自号快乐，活他一世痛快也。"我们就喊他快乐。顺口，响亮，快乐亦大乐，一口白牙，如同断玉。时快乐年近而立，尚未娶妻，春耕秋收，自给自足。快乐的那些笔记本诗，我选了几首，发了半个版。县内喜文墨者，纷纷打听快乐是男是女。

县造纸厂厂长写小说，搞了个"雪梅杯"征文，我给他几首快乐的诗歌，获了一等奖，在县政府招待所，搞了一个颁奖会，快乐大放异彩，领了奖，喝了酒，我送他去车站。在公厕那儿，快乐把获奖证书丢垃圾桶，抱着奖品（床单）上了车，隔着车窗喊我去流水村找他喝酒。

后来，快乐去镇政府干通讯员，写新闻稿，兼顾着镇办公室杂役。借人和地利，不顾天时，和县里一帮文友，常去三岔吃全羊吃炒鸡。镇上的宣传委员，一中年妇女，见我们就骂，妈的，一缸酸臭菜。因为我是报社的，她也不敢大声骂，也因为快乐的关系，三岔镇的稿子上得就多。快乐写新闻多了，诗歌就有些干巴，电话里和他说，那边就叹气。

后来，快乐娶了妻，生了儿子。他不在镇上写稿子了。电话里说，不受那个憋气了，这不行，那不行，难伺候，我上山养鸡去。我说那再写诗歌啊，听筒那边说了一句：先养家。就成了忙音。

这中间，我约了几个文友，去了一趟流水，快乐的妻子得病死了。快乐的脸上不光滑了，瘦了，眼皮耷拉下来。高挽裤脚，小腿肚子上蚯蚓一般，静脉曲张。快乐喝酒很凶,像夏天渴极了喝凉水。牙不白了,我说,第一次见你,你的牙和诗歌是最好的。快乐低头一笑,对我说现在满嘴假牙。

说说就过去了二十年,快乐在微信里,晒他的鸡。凤凰山上的一条沟里,半山腰,有山泉,有大棚,鸡们满山都是,红白黄黑。鸡蛋得上山去拾,挎提篮,像小时候勤工俭学捡鸡屎,白的,绿的,鸡蛋怎么还有绿的?那边发来一个坏笑。

忽一日,不发微信了,直接电话来,声音有些壮:"来,叫几个人来,吃油饼。"

"弄啥,跑那么远去吃油饼。"

"吃鸡,好吧。炖一个,炒一个。"快乐就爱说个,他的诗歌里也是,比如:"燕影低斜/在我的暗夜里,……一个一个……"

我们就去了。快乐在河边等我们。过了小河,一个猛劲往山上走。路窄,沙路溜滑,大伙东倒西歪。路侧山花烂漫,蝶蜂翩跹。果然有泉水,潺潺不绝。三间砖房,红瓦,倚住一块巨石。院子里一树,枝叶肥大,遮天蔽日,曰核桃树,众人惊呼。门前石凳上,两只鸡被剖腹洗净。一大小子顾自抽烟看手机。少时,北边一小屋(厨房)走出一红脸妇女,不笑不搭话,走近了,提起两只鸡就走。

炒了一个，炖了一个。写小说的，写诗歌的，写散文的，都是吃货，两瓶酒喝完，鸡吃完，盆里只剩葱花姜花椒。快乐说："姓曹，潍坊的，带来一个儿子。油饼烙得好。"就刚才那红脸妇女，抽烟的小子。快乐自己的小子，在北京某机关。

快乐往外喊："老曹，烙油饼，烙油饼。"不大会，端上来一笸子，不是一个一个，是一层一层，焦黄，不见烟火色。快乐大喊，别用筷子，下手抓，下手抓。

收住笑。那饼纸薄。入口化。一阵嗯嗯嗯惊呼，众皆以手捧下颌，恐舌出嘴洞露狰狞。须臾，只剩光油笸子。一小妞吃得快乐，忽地跑出去，大叫："嫂子，再烙油饼来啊。"嫂子在泉水边洗刷，说话像吵架："我这就死了，烙啥饼，等着吧。"

快乐的脸红通通，低声道："北京那小子要买房子。"我们都龇牙花子。

"门外那小子，二十了，啥也不干，到处耍，烫发桑拿唱歌。"快乐低头捻裤脚上的泥。

"那女人不孬，就是累，累的她。"

"前几天，还拿我本子看半天，夸字写得好。"

下山路，更滑。山花之香亦浓。

白羊肉的故事

任启平在安乐村活了六十五年了,只有一个女儿,女婿姓王,镇上的人,开着一个烙饼铺,还会修黑白电视,算是嫁了一个好人家。女儿的女儿已读小学,算是顺心如意。

任启平和老伴,是如此地不显眼,在村里的街巷上,在村外的地里,在集市上,即使是矮他两茬三茬的晚辈,他们也不会喊一声大伯或者爷爷,顶多就是扫他一眼。也不会有谁停下车,让他们老两口搭搭车。人们总是看到,任启平和老伴,在寒风或者烈日下,一拐一拐地走,或者在树荫下使劲喘气。像两堆干土。

任启平个子不高,瘦弱身子,脸小,却总是笑,街上道上,不管见了谁,总会停下步子,让一下路,还对着他们笑一笑,好像是,自己在路上走,妨碍了别人。

村里人也会上门找任启平,那是谁谁要杀羊的时候。这时候,只能去找任启平。这么大一个安乐村,八九百口人，只有任启平能把一只百斤老山羊，收拾得干干净净，煮出来的肉味道好。说起这个，有些人还骂骂咧咧的，说他以前在村里干保管，村里老是杀羊招待上边的人，才学会了杀羊，那时候，任启平得了多少羊皮，又吃了多少羊肉呢？现在落魄是活该，没有亲生的孩子也是活该。其实，只有村里的书记清楚，每一张羊皮，任启平只是拿回去晾晒，到了年底，羊皮卖了钱，任启平都交回了村里。要说赚便宜，无非是等上边的人吃好喝好，坐着小车走了，才跟着大伙吃一点剩下的羊肉，喝一点剩下的酒。

现在，不让大吃大喝了，村里不再杀羊。个人杀羊的可是越来越多了。不管是谁杀羊，就会去喊任启平。杀羊归杀羊，任启平有规矩：羊皮顶工钱，另，白羊肉白送。

白羊肉，就是羊的白大油，没人愿意吃，都当垃圾倒掉了。羊皮很便宜，顶工钱算是主家赚便宜。

有大冷库的任刚，就把任启平当了专用杀羊手。按辈分，任刚喊任启平爷爷。任刚对任启平倒也尊敬，每次忙活完，都给点上一支烟，沏上茶，单等客人（南北几省的水果贩子）来了，就端肉上桌倒酒喝酒。那些南来北去的水果贩子，对任刚很尊敬，他们跑几千里来这个小镇，是不是能收到苹果，能不能收到好苹果，全靠这个任刚。那一次，他们见任刚喊任启平爷爷，就跟着一块喊爷爷，面色语气极为尊敬。紧拉慢扯,让任启平坐下喝酒吃肉。推辞不过,就坐下,在桌子一边,吃了也喝了。临走的时候,却坚决不再拿羊皮。理由是,吃了羊肉喝了酒了,怎么能连吃带着拿呢?就空着手回家了。白羊肉也没拿。

任刚南北跑了十几年,知道任启平的这个理,就不再勉强,但他知道任启平需要这张羊皮。此后,忙活完了,红羊肉端上桌,任启平拿着羊皮回家。按规矩,把生的白羊肉拿回家。白羊肉切拇指肚大小,炖白菜,炖萝卜。炖上大半锅子,喝一点地瓜辣酒,羊汤泡煎饼,抓一把红辣椒,吃一脸油汗。起初,老婆不愿意,嫌丢人,时间一长,也上瘾了。羊皮呢?能卖三五十元,从早上五六点钟下刀子,到中午十一二点,红红的羊肉上桌,一张羊皮顶工钱算是便宜。

任启平除了杀羊,还管着三十几棵果树,种着一亩多旱田。老两口像两只老鼠,低了头,不停在地里家里两头转。大部分时间都在果园里,蹲在树底下,拔草,除虫,去老皮。或者是扛着药枪打药,一上午,都笼在白白的药雾里。套袋,摘袋。下了果,女婿开着三轮车来,噔噔噔拉到任刚的冷库,遇到合适的价格,任刚就做主给卖了,把钱送到家里。那一亩多旱田,就用来种小麦、玉米、谷子,或者留下一点种花生、地瓜、南瓜、豆角,自己吃点,给女儿送点。

女儿叫任月,嫁到王家,她自己也满意,王家对女儿也好。因为有烙饼铺还修着电视,有些收入,锅里鱼肉不断,就不让任月到地里去,在家里里外外收拾,做饭烧水,隔马路送送上学的女儿。日子安定,就想再要个儿子,这是任月的想法,女婿和公婆都不计较。任月这些年,也有了变化,那就是体重一下子上来了,还在上升的趋势,不足一米六的个头,体重超了一百六了。怀孕后去体检,低压到一百二。医生说你不能要孩子了,太胖,血压又高,对你对孩子都有危险。任月听了不作声,回来也不说。只是不再去做体检了。静等孩子出世。

一个白白胖胖的儿子出生了,任月却出事了,成了植物人,进了重症室,十几天就把女婿的家底掏空了。得了消息,老两口挎着一个玉米秸兜子,几件衣服,一包小麦饼子,一拐一拐走到镇上,坐车百十里,到县里下车,张张惶惶,问问叨叨,找到县医院,在医院的走廊里蹲到黑。隔一天,再去的时候,还是老两口一块,先跑了镇上邮局,又去一趟信用社,抱着一个布兜,四周用线缝严实,包去了六万块钱,交给了女婿。又过了十几天,任启平自己去了,隔着玻璃看了看闺女,一拐一拐回走了几步,又一拐一拐折回去,对女婿说不救了不救了,好好把两个孩子养大。

女儿任月也不是亲女儿,是花了钱抱来的。任启平结婚两年后,医生说他老婆先天的病,不能生养。任启平笑一笑说抱养一个吧,没孩子这日子怎么往下过?

猪嘴的故事

第一次见到俊巴,是在一片树林里,关于俊巴的事,是刘小讲给我的。

这片树林是安乐村的集市,五天赶集一次。在这片树林里,我只见了俊巴两次,之后,我再也没有见到他。是的,俊巴是一个人的名字,那时他和我们差不多大,我和刘小读小学五年级,俊巴不读书,俊巴是个又白又胖的傻子。

到了集市的那一天,是一定要去赶集的。中午十二点,挂在树上的铃一响,我们就用眼射讲台上的数学老师。数学老师很慢,开口说话之前,要看你几秒钟,再眨眨眼,好像忘了要说什么,我们的耳朵耷拉了,他却开口了。最后这一节,都要上到十二点半。

集市这一天,就例外了,铃声一响,哪怕黑板上的题目只讲到一半,数学老师也会把半截粉笔,往讲桌上一扔,说声下课,不等班长喊起立,老师的前脚已经在教室外了。数学老师要去赶集卖肴肉。

我们也一路狂叫着奔向集市。我们去也只是看看,把眼蛋子管个饱。油条包子肴肉,那不是我们能吃到的。但是我发现,数学老师边卖边吃,他是割半块猪耳朵,切成细条,整齐码在碟子里,藏在案板底下,夹在两腿之间,吃一条猪耳朵,抬头看看路过的人。案板底下,还有一个小酒壶,白色,恰好一握,一会儿就拿出来,竖在嘴上,吱一下,我觉得他没喝到酒,只是吸了一下气,要不就是使劲舔了一下酒壶,用鼻子闻了闻酒味。

我经常流连在他的肴肉摊子后面。看着他的后背。我的企图很简单,就是在他掀起盖肉的布子时,看一眼那块红彤彤的猪嘴肉。小时候,我们叫"猪钢嘴",那意思就是猪的嘴很硬,不管多么硬的土地,那猪低着大脑袋,往前一拱一拱。就把土拱起来了,我们都怕那个猪嘴拱到腚上,所以,见到要被杀的猪,逃脱了,奔着你来了,就会哇哇哭着拼命跑,也不会拐弯,只是一个劲地往前跑,那头将要被杀的猪,就在后面喂喂喂叫着一路追来。

爹说过,猪嘴老是在动,要不就是吃屎,要不就是在猪圈里拱来拱去,把猪圈的土地翻了一遍又一遍,所以,猪的嘴是最香的一块肉。

安乐村的集市上,只有数学老师卖肴肉。一锅肴肉只有一个猪嘴,我们是万万吃不到的,这块猪嘴肉,被傻子俊巴捧在两只又白又胖的手里。

第一次见俊巴啃猪嘴,我和刘小看傻了,那么大一块猪嘴,被又白又胖的俊巴,捧在两个手掌里,他的胖脸全埋在手里,我们只看猪嘴在动,当然不是猪在啃,而是俊巴在啃。俊巴把头低下去一次,猪嘴就少去一大块。俊巴的嘴角上在流油,是红彤彤的油,俊巴的手指缝里在流油,是红彤彤的油。刘小说我想舔舔那红彤彤的油!刘小是看着俊巴手里的猪嘴对我说的。俊巴啃猪嘴的时候,他的瘦高的爹站在一边。那次在回校的路上,刘小一直在咬牙切齿,刘小的脸变了形,他甚至高声大骂。我俩走到菜园那儿,刘小说走走走,去我家地里偷黄瓜。我眼馋他家的黄瓜已经很久了,但是一露出这个想法,刘小就会说,你敢动我家的黄瓜,我把你的头转悠下来扔到沂河里。这一次,我俩啃着他家的黄瓜,刘小说等着瞧吧。

下一个集市那天,刘小说,快跑,去晚了就让俊巴啃完了。我想去早了也啃不到猪嘴。我不知道刘小已经有了一个阴谋。

  我俩看见俊巴时,他已经把猪嘴捧在手里。这一次,只有他自己,没见他那个瘦高的爹。我说他爹呢,我也不知道我为啥要这么问。刘小说那不是他亲爹,没等我问,刘小继续说,他亲爹是懒汉(安乐西村的一个懒汉,住在凤凰山脚下的骨灰堂里),他亲娘是疯子(安乐中村一个疯了的女人,家里人不管),他这个爹花钱把他买来了,所以你不要怕,听我的就能啃到猪嘴。

  刘小不容我多想,拉着我两步跨到俊巴跟前,向左右看了看,一把抢来俊巴手里的猪嘴,先啃了一口,塞到我嘴上,说啃。我只啃到一小块,又黏又滑。刘小说跑,我俩撒腿就跑,甚至都没听到俊巴的嚎叫。我俩穿过小徐说书的场子,越过马路,跳过小石桥,一直跑到泉子那儿。泉子用半米高的石墙围成一个圆,向南有一条沟流出去。泉眼很大,乌黑的一个洞,往外冒水,像一只野兽挣脱了链锁,往外狂涌。

  我只啃了一口,就是在树林里啃的那一口,其余的都被刘小啃了。刘小在舔他的五指和掌心。傻子俊巴向我俩扑过来。刘小弯腰拾了一块石头,向泉子里一扔。我听到"咚"的一声。刘小说跑。我俩围着泉子转了一个圈,原路跑回集市，混进小徐说书的人群里。

刘小问我猪嘴好吃不，我说我觉得晕了一下。刘小说猪嘴里还有一颗牙，硌了我一下，我一起咽下去了。我说回学校吧，傻子还会找来的。

那以后，每个集市我们都去，但是，没有再见到傻子俊巴。学校的老师扎堆说话，我偷听到，他们说傻子俊巴淹死在泉子里了，说俊巴在泉子边上转悠了好多天了，谁知道他在那干吗，最后还跳进去了，是不是想逮鱼呢。

泉子里有很多很大的鱼，是黑脊的鲤鱼，慢悠悠游来游去，像黑色的魂灵。我想，那鱼不一定比红彤彤的猪嘴好吃。

猪蹄的故事

老沈是煮下货发家的。下货就是猪的肝肺心头蹄肠。

老沈从不多煮，一天煮一锅。煮好了，捞在大盆里。大盆放在石案上，冒着腾腾的香气。桥上走着的人，一耸鼻子,嘿,老沈的下货出锅了。一拐弯,就下了桥。

不是每天都能卖完,天有小雨小雪,或者逢二七赶集日(集市在另一个方向),会剩下一点,或者一只猪蹄,一块猪嘴,半块猪肝,老沈自己下酒。剩下的多了,第二天也不再卖,家里人心疼,老沈就生气,老沈脾气不好,把剩下的猪下货,装进袋子里,"呼",扔河里了。

老沈赚了钱,盖起了二层楼,像模像样开酒店。盖楼欠了不少钱。他那胖媳妇着急,一天天叹气。老沈不急,用地瓜干辣酒,把自己的脸喝得红通通的,对他媳妇说,人活着就是要不停地忙,忙地里的粮食,秋收冬藏,忙开酒店开小卖店开油坊,不能闲下来,早早还完欠账,那不就闲着了?如果整天闲着,那不就是没用了?没用了,那还让你活着干吗?

这番话,被来啃猪蹄的镇党委书记听到了,在职工大会上,拍了好几次桌子,说:你们还不如一个煮下货的人思想水平高,如果没事可做了,那还让你活着干吗?

那时候,我的单位在那个镇上,单位不大,七八个人,只有我是外镇的,一下班,都纷纷回家,或是出去喝酒了。我顺着一条土路,向南,走十几分钟,过十字路,就到了老沈的店。老沈看到我,知道我不是买下货,是闲了找乐,就拿过马扎、茶碗、纸烟,我俩也没多少话。我抽烟就从那时候起,一直抽了二十多年。

那一次,站在老沈的店前,看到老沈的店里,坐着一位老哥,前胸阔大,裤脚在膝盖以上,腿肚子凸出紧绷,脚脖子得两手掐过来。低头朝外,脸黑红,一件粗布上衣布满白碱,下苦力的人。左手掐着一摞煎饼,右手举着一个猪蹄,面前的桌子上,一块乌黑的辣疙瘩咸菜,一缸子茶水,缸子是老物件,红漆写着"为人民服务",是伟人的笔迹。

我说他的左手掐一摞煎饼,一点也不夸张,至少是三个煎饼,被他掐在手里,一口下去,就把三个煎饼咬透了,嘴稍微一撇,把一大块煎饼,咬在嘴里,剧烈地咀嚼起来。待他一伸脖子,咽下去,端起茶杯,喝一口,水在嘴里转了一个圈,咕咚又咽下去。举起右手里的猪蹄,认真地看着。那只猪蹄,已经被他啃得没有猪蹄的样子了,猪蹄的脚脖子位置,已经被他啃完了,森森的白骨,被当作把手,他短短的五指,牢牢地抓住了猪蹄的白骨,现在他要啃猪蹄的脚心。我还是第一次见有人如此啃猪蹄,他把猪蹄的脚心放到嘴上,狠劲一口,就把猪蹄心连同肉筋咬下来,毫不客气,也很果断,像老虎钳夹断一根钢筋,嘎嘣一下,就把一大块猪蹄心肉,裹进了嘴里,他先是用力咀嚼了一阵,待完全咽下去后,不等喝水,就骂开了:"妈个巴子,老沈你能把猪蹄煮得再生点吧？"那意思是，根本就没有煮熟。老沈嘿嘿笑了，却又给旱烟呛了一口，吭吭吭咳了好一阵，使劲喘上口气，才说："肉有六分熟，才能啃出香味来，十分熟，就没有香味了。"那人不再说话，开始咬煎饼，一口咬透三个煎饼，像一条小蛇咽下一只大老鼠，眼看着煎饼从脖子里往下落。

接下来，他吃猪蹄的脚趾，简直是一道风景。

他干脆放下了煎饼，还是用右手抓着猪蹄，把猪蹄送到嘴上，一口咬住一个猪蹄趾，"咯吱"，从筋骨连接处，干净利索地咬下来，在嘴里转一圈，把猪蹄趾上的碎骨头，一一吐在地上，再去吃下一个猪蹄趾。待全部啃完，"啪"把整块的骨头扔脚下。骨头上不见一丝肉。这才拿起煎饼继续吃。一只玩骨头的小土狗，悄声凑上去。

老沈把卷烟，搁在桌子一角，站起来，到肴肉锅那里，拿一只大海碗，舀上一碗肴肉老汤，想了想，又抓一把碎肉放碗里，撒点芫荽末，搁到那人面前。他把半摞煎饼伸进碗里一蘸，煎饼软了，塞嘴里咽下去，三两次吃完，端起碗咕咚咽下去。拿搭在肩上的汗衫，擦一把嘴脸。骂了一句："妈个巴子，汤齁咸。"把老沈递过去的烟挡住，站起来往外走，才发现他这么矮，像是往外滚。

"不给钱？"我给老沈递烟。

老沈笑一笑说:"三五天来啃一个猪蹄,半年结一次账。"

老沈看他拐过屋角去。收一下碗筷,撵走了小土狗,打扫一下地上的碎骨。看了看我,说:"下苦力的,两千斤石头,从山上推下来,安乐镇上没几个。两男一女三个孩子,没一个是自己的,都是老婆带来的,一个高中一个初中一个小学,老婆是个病秧子。慢慢熬吧。"

调离那个单位,又回去公干。去老沈那儿坐了坐,抽了很多烟,说了很多话,才知道那个人推石下山,车闸断线,给车拖倒了。

"临咽气了,还托人把我喊去,给我二百块猪蹄钱。"老沈看着马路那边的河汊。

"收了?"我看着老沈。

"收了。"老沈说,"前年,他家二小子考了学,我托人送去三千块钱。"嗫起嘴唇来笑笑。

我冲老沈抱抱拳。

图书在版编目(CIP)数据

起个名字叫雀儿 / 宋以柱著. -- 北京：中译出版社，2022.3
（第九届(2018—2020)小小说金麻雀奖获奖作家自选集）
ISBN 978-7-5001-6998-7

Ⅰ.①起… Ⅱ.①宋… Ⅲ.①小小说—小说集—中国—当代 Ⅳ.① I247.82

中国版本图书馆 CIP 数据核字（2022）第 038065 号

起个名字叫雀儿
QIGE MINGZI JIAO QUEER

作者：宋以柱
责任编辑：温晓芳 / 特邀编辑：尹全生 / 文字编辑：宋如月
封面设计：北京锋尚制版有限公司 / 内文排版：北京杰瑞腾达科技发展有限公司

出版发行：中译出版社
地　址：北京市西城区新街口外大街 28 号普天德胜大厦主楼 4 层
电　话：（010）68002926 / 邮编：100044
电子邮箱：book@ctph.com.cn / 网址：http://www.ctph.com.cn
印　刷：北京中科印刷有限公司 / 经销：新华书店

规格：880mm×1230mm　1/32
印张：8.375 / 字数：139 千字
版次：2022 年 4 月第 1 版 / 印次：2022 年 4 月第 1 次
ISBN：978-7-5001-6998-7
定价：42.80 元

版权所有　侵权必究
中　译　出　版　社